中国文学名家名作鉴赏精华

谢朓诗文鉴赏辞典

文学鉴赏辞典编纂中心 编

上海辞书出版社

上海辞书出版社

《谢朓诗文鉴赏辞典》

撰稿人：（按姓氏笔画排列）

孔燕妮　冯芝祥　冯坚培　刘学锴
汤华泉　杜志强　吴小平　林东海
周建忠　殷海国　黄宝华　曹融南
葛晓音

目　录

诗

文

前 言

谢朓(464—499),南朝齐诗人。字玄晖。陈郡阳夏(今河南太康)人。少有美名,后游于竟陵王萧子良西邸,与沈约、萧衍、王融等号为"竟陵八友"。初为豫章王太尉行参军,又入随郡王萧子隆东中郎府,继而转任卫军东阁祭酒、太子舍人。萧子隆受命为镇西将军、荆州刺史后,朓被任为随王功曹、文学,深得赏爱,却因长史王秀之向武帝进谗,被敕令还都。回建康后,任新安王中军记室,后兼尚书殿中郎。及骠骑大将军萧鸾(即齐明帝)辅政,任谘议参军,领记室。萧鸾即位后,转中书郎,出任宣城太守,复还任中书郎。齐明帝建武四年(497),出为晋安王镇北谘议、南东海太守,行南徐州事,因告发岳父王敬则谋反,迁尚书吏部郎。齐废帝东昏侯即位,朓因不愿参与始安王萧遥光篡位之谋,被诬下狱死。事迹具《南齐书》卷四七本传,又附见《南史》卷一九《谢裕传》后。

谢朓为永明体诗代表人物,诗多描写山水景物,风格清拔,讲究声律,涤去玄言色彩,对后世有很大影响。以其与谢灵运同族,且均以山水诗著称,世人遂并称为"二谢"或"大小谢"。他在齐明帝时曾任宣城太守,故世称"谢宣城"。谢朓远绍《诗》《骚》,近承建安以来文学传统,继踪谢灵运、鲍照,并从乐府民歌中汲取营养,融情于景,寄意象外,将山水诗的发展推向了新的艺术高度,为盛唐山水田园诗派的兴起开辟了道路。其诗亦多有抒情述怀或咏物寄意之作,无论思念友人、眷恋故乡,还是慨叹现实人事、表达政治理想,皆含蕴深厚,富于情韵。谢朓胜于前人的新变之处还在于诗歌形式的探索,所作"新体诗"(永明体)平仄谐协,对仗工整,对后世近体诗的形成卓有贡献。他工于谋篇布局,并以平易清亮的语言、贴切自然的炼字用词、比兴寄托的艺术手法曲尽人情物态之美,形成清绮圆融的独特诗风,"遂开唐人一代之先"(吴淇《六朝选诗定论》),为李白等唐代大诗人所推崇赞叹。除乐府、五言成就卓然外,其辞赋、骈文亦情辞茂美,音律谐协,如《酬德赋》历叙平生,抒情深婉,引人入胜;《拜中军记室辞随王笺》情深言工,文辞雅丽,允称"独绝"。原有集十二卷、逸集一卷,已佚,《新唐书·艺文志》《崇文总目》著录有十卷本,南宋初删为《谢宣城集》五卷,明清刻本皆循此而不改,今又有《谢宣城诗注》等。

本书是本社中国文学名家鉴赏辞典系列之一,精选谢朓代表作品50篇,其中诗47篇、文3篇,另请当代研究专家为每篇作品撰写鉴赏文章。其中诠词释句,发明妙旨,有助于了解谢朓名篇之堂奥,使读者尝鼎一脔,更好地领略谢朓清新明丽、圆转精工的文学风格与成就。另外,书末还附有《谢朓生平与文学创作年表》,供读者参考。不当之处,尚祈指正。

上海辞书出版社文学鉴赏辞典编纂中心

二〇二四年　五月

诗

入朝曲

原文

江南佳丽地，金陵帝王州。
逶迤带绿水，迢递起朱楼。
飞甍夹驰道，垂杨荫御沟。
凝笳翼高盖，叠鼓送华辀。
献纳云台表，功名良可收。

鉴赏

谢朓从解褐豫章王太尉行参军，中转王俭卫军东阁祭酒，到永明八年(490)迁随王镇西功曹以前，一直逗留京师，雍容藩邸。他同一群文朋诗友，经常诗酒往还，吟花诵月，生活相当安逸，仕途也比较顺利。永明八年谢朓二十七岁，青年诗人对功名事业和前途充满了信心。这年八月，随王萧子隆为镇西将军、荆州刺史，谢朓迁镇西功曹(后转文学)。赴荆州途中，他奉随王教写下了《鼓吹曲》十首。这首《入朝曲》便是其中的一篇。青年诗人以“颂藩德”为由头，满怀激昂的政治热情和积极的功名事业心，纵笔描绘金陵帝都的富丽堂皇和繁荣昌盛，气势轩敞，格调高昂，雅为后人所称道。

首联总揽形势，虚笔入篇。“江南”句言地理形势，“金陵”句言历史变迁。当时扬州，辖有江南广大土地，山川秀丽，物产富饶，统称江南。金陵即今南京市，为战国时楚威王所置。秦始皇时，即有望气者称“金陵有王者气”。而从三国孙吴到南朝萧齐，也有四朝建都于此。可见金陵作为帝王之州，历史悠久。所以，诗人饱含激情，热烈赞颂本朝都城坐落在风光秀丽的江南佳丽之地，具有辉煌而悠久的帝都历史。这两句，一从空间横面着墨，描绘都城建康的地理形势；一从时空纵面措笔，概览金陵帝都历史迁延，笔触间闪烁着显赫、辉煌的气派，富于气势。

中间三联承“帝王州”写来，具体描绘当今“帝王州”的形势。诗人特别注重视角的变化。沿巍峨帝都顺势望去，但见城墙环绕着蜿蜒曲折的护城河，绿波荡漾，风光旖旎；抬头远眺，又见层层高楼，鳞次栉比，在日光照耀之下，显得灿烂辉煌。这是二联，是写远眺。三联则取近观。驰道，天子所行之道，常人不可步入。驰道两旁，矗立着威仪棣棣的皇宫高院，甍宇齐飞，舛互迢递，一望无际。随着视野的延伸，驰道越远越窄，渐渐被飞甍合成一片，所以猛然看去，好像是“夹”住了驰道一样。一个“夹”字，以主观感受状写客观物象，写出了境界。御沟，又称杨沟，因为沟两旁栽满了杨柳，故有此称（见崔豹《古今注》）。所以，“垂杨荫御沟”完全是实写。杨柳婆娑，婀娜多姿，茂茂密密长满了御沟两旁。总起来看这四句，诗人应着视角的变换，层次分明地写出了帝都的形象。“逶迤带绿水”“飞甍夹驰道”以河水的蜿蜒曲折和道路的绵绵延伸，挖掘出诗境的远近纵深感；“迢递起朱楼”“垂杨荫御沟”以高楼的嵯峨入云和杨柳的婀娜多姿，拓展出诗境的上下层次感。同时，还注重色彩的描绘，绿水朱楼，红绿相映；琉璃飞甍，葱葱杨柳，青黄相间，五色缤纷，气象非凡。这样写来，诗境便显得阔大、气派，富于色彩。静景的描绘而能臻于此境，堪称高妙。但诗人并不满足。他似乎觉察到了静态刻画容易流于呆板单调的不足，所以再紧跟“凝笳”二句，以驷马飞驰，车盖摩云，极写道路的繁华；又以华车的从容优游，运动物于静景，景境全活。而且，马驰车驶，声鼓动地（笳声徐引谓之“凝”，轻鼓小击谓之“叠”），更加突出了场景的繁华、壮观。皇京帝都的辉煌气派，渲染至极。

最后一联收束全篇。云台，即高台，台之高耸而入云天，故称云台。古人旧例，功成名就，登台受赏。所以最后诗人出此豪言为祝颂。从帝都的富丽、繁华中，他没有想到醉生梦死，而是心心系念着功名事业。“功名良可收”，虽是对幕主的预祝，但也反映了青年诗人积极进取的精神风貌。

《入朝曲》在乐府诗中属《鼓吹曲辞》。而《鼓吹曲辞》多为军中歌乐和宫廷宴乐，歌功颂德，鲜有佳品。谢朓此诗写帝京气象，虽不出“颂藩德”樊篱，格调却非同一般。造境宏伟高敞，措笔秀丽工整，语言清鲜流丽，反映出了青年谢朓积极进取的精神品格和非同寻常的艺术功夫。《文选》卷二十八“乐府”中，在十首《鼓吹曲》中仅选此一篇，可说是很具慧眼的。

（吴小平）

登山曲

原文

天明开秀崿，澜光媚碧堤。
风荡飘莺乱，云行芳树低。
暮春春服美，游驾凌丹梯。
升峤既小鲁，登峦且怅齐。
王孙尚游衍，蕙草正萋萋。

鉴赏

这是作者在荆州奉随王萧子隆之命写的《乐府·鼓吹曲》十首中的第九首。写登山游览，流连忘归之意。

诗首句点题写“崿”。“崿”，即题中所登之山。“天明”一词含义双重，既是指这一天的天亮早晨，也指这天天色晴朗。“天明”二字虽不见着力，但却是全文要领。倘无晴朗大气，不但下文全景皆晦，而且更无登山游览可言。

但有山色而无水光，景色虽佳，总感欠缺。故下句紧接着写水。以“澜光”喻水，以“碧”形容水边的堤岸，中间着一“媚”字，把“澜光”“碧堤”的生机活活画出，让读者仿佛看到一泓清水，波光粼粼，水边长堤含青滴翠，景色十分生动、鲜明而优美。游人乐此将陶然忘归了。这二句写静景，下面二句写动景更奇。

“风荡飘莺乱，云行芳树低。”后句按文意应是“云行低芳树”。“荡”“低”二字，赋予无生命的“风”“云”以生命和感情。使你觉得，这风很顽皮，他似乎在故意捉弄飞莺，使莺不能自主飞翔，而被风“荡”得“飘”“乱”起来。而天上的行云，也被春树的芬芳所吸引，在低就贴近着春树而飘过。

前四句写景，字少意多，景象广阔。天气晴朗，山色青秀，春水涟漪，长堤献碧，黄莺因风弄羽，芳树招惹行云。春景如画，人在画中。

接着两句“暮春春服美，游驾凌丹梯”，由写景转叙游，“暮春”一语总括前四句写景，并提示下文。阴历三月为暮春，这时，春寒将尽，夏暑未临，山野叶茂草长，万物生机勃勃，正是游人脱去寒衣，换上轻装，登临游赏的大好时节。诗人穿上美丽的衣服，沿着山路向高处攀登，“丹梯”指山路。“升峤”四句由叙游转抒情。诗人“凌丹梯”登上高山，纵目远眺，确是气势辽阔，景象万千。眼底所见，自非山下景物可比，遂因景起兴，发思古之幽情：近千年前的春秋时期，孔子登上东山，眼底的鲁国变得很渺小了，再登上泰山时，觉得整个天下都变得渺小了。在孔子之前，齐国景公游牛山，看到山北面自己的齐国时，流泪感叹人生短暂，终有一死。其实，诗人并非只是思古，而是借古抒情：孔子是旷古唯一的贤圣，他登上高山，能把天下国家看得微不足道；景公是大国的君主，他登上高山也会产生人生短暂之感，弦外之音是：我辈为什么还要竞奔于功名利禄之途，而不珍惜这短暂的人生和大好时光呢？

末二句，化用淮南小山《招隐士》“王孙游兮不归，春草生兮萋萋”语意作结。“王孙”泛指贵族子孙，这里指隐士。“萋萋”，茂盛。《招隐士》极言深山老林环境险恶，招募隐士出山做官。谢朓在此反用其意，是说：山景风光如此美好，士子正好来此隐居，恣意游赏。不悦于官，羡慕归隐之意已溢于言表。

诗旨主在记游，写景，景色旖旎；记游，如历其境；思古，幽情渺邈；抒志，情趣超然。语言雅致，意境高远。

（殷海国）

临高台

原文

千里常思归，登台临绮翼。
才见孤鸟还，未辨连山极。
四面动清风，朝夜起寒色。
谁知倦游者，嗟此故乡忆。

鉴赏

这是一首用乐府题写的去国怀乡之作。《乐府诗集》将其收入“鼓吹曲辞”中“汉铙歌”一类下，并引《乐府解题》云：“若齐谢朓……但言临望伤情而已。”此说甚是。这首诗题下注云：“时为随王文学。”当时诗人为随王萧子隆的文学侍从。据《文选·谢朓〈游东田〉》李善注，谢朓有庄园，在京城建康东首的钟山脚下。

首句点明本篇主旨——“思归”。“千里”，写离家路程之远。“常”，写离家时间之久和“思归”之心切。次句写登台。因“思归”而来登台，目的是想远眺故乡所在，以慰乡关之思。“绮翼”，像莺鸟羽毛一样薄而美的丝织品，这里指窗帘。

“才见孤鸟还，未辨连山极”，写登台所见。他登上高台，凭窗举目，首先映入他眼帘的是倦飞归巢的孤鸟。“孤”字似写飞鸟之状，而实寄诗人自己远离故乡、客羁异地之情。“孤鸟”离巢思归而自归，而客羁异地的自己，“常”是“思归”却是回归不得。以有情之人喻无情之鸟，却人不如鸟，则更见离人思归不得愁苦之深。接着，诗人目光由近而远，向他家乡方向望去。他多么想借此高台一览其故乡所在。然而，极目远天，唯见山峦连绵。望断关山，“未辨”家乡何处。上句“见”字，写无意中被动地看到；下句“辨”字，写有意地主动远眺。“未辨”二字，用意尤苦，是说：诗人翘首痴立，凝目远方，寻找故乡，辨尽千山都不是，然心犹未灰，而在继续辨认，以期辨得故乡之所在。可见诗人思乡之情是何等之切。

上面二句写目之所见，接着“四面动清风，朝夜起寒色”二句写身所感受。因是高台，四面皆窗，故能感到“四面”清风之“动”。诗人早晨即来登台，辨认故乡所在，一直辨认至夜晚。“朝夜”，写辨认时间之长。孤身远羁、思归不能、望乡不见，已是十分凄凉。不见故乡而不愿离台而去，暮色降临，清风四起，寒气砭人，此境此景此情，更是无限凄凉。

“谁知倦游者”句，与首句照应，揭示“思归”之意。诗人早期凭借自己的文学才华，奔走“游”历于萧齐权贵之门，以谋求官职。然而直至当时，还仅是一名官卑职微的宗室王文学侍从。他自然感到极度的疲“倦”。但这种心情是能与知者道，难与俗人言。故“谁知”二字，正是有口难言所致。而“倦游”一语实含万般辛酸。最后“嗟此”一句,把胸中这万般辛酸倾盆倒出。而"嗟此"一声的悲慨郁结之气远达于高台四野。

全诗八句,从"思归"起,到"故乡忆"结。明写"思归"之情,实写"倦游"之意。以景衬情,融情入景。如走珠流玉,读来意味深沉,凄楚动人。

（殷海国）

玉阶怨

原文

夕殿下珠帘，流萤飞复息。
长夜缝罗衣，思君此何极？

鉴赏

南齐永明年间，著名诗人沈约根据四声和双声、叠韵的道理来研究诗歌中音律的配合，指出有八种声病必须避免。在他的倡导下，谢朓、王融、范云等诗人将这种诗歌音律和晋宋以来诗歌中排偶、对仗的形式结合起来，创造了一种新的诗体——永明体，又叫新体诗。这是我国格律诗的开端。

在致力于新体诗创作的齐梁作家中，谢朓的成就比较突出，《玉阶怨》就是他的新体小诗的代表作之一。

《玉阶怨》是一首宫怨诗。早在谢朓之前，相传班婕好作的《怨歌行》已开宫怨诗之先声。晋陆机有感丁班婕好被汉成帝遗弃的遭遇而作《婕好怨》，遂形成真正的宫怨诗。陆诗中有“寄情在玉阶，托意唯团扇”之语，齐梁诗人拟作《婕好怨》者多袭此意，大抵以秋扇见弃为主题。谢朓始创《玉阶怨》，未始不是受陆机的启发。但他不受故实局限，别出新意，从班婕好的哀怨中提炼出它的普遍意义，写出了所有被封建君王遗弃的妇女共同的哀愁。这或者也就是他要另立新题的原因吧！

如果将陆机的《婕妤怨》和谢朓的《玉阶怨》相比较，还可以发现，谢诗不但概括程度更高，而且表现更为含蓄凝练，这正是新体诗的重要特点。陆诗直述“婕妤去辞宠，淹留终不见”的遭遇，以及“黄昏履綦绝，愁来空雨面”的哀怨，显得情浅语露。谢诗则截取深宫夜景的一隅，令人从全诗展示的画面中体味抒情主人公的命运和愁思，便觉得兴象玲珑，意致深婉。首句“夕殿下珠帘”，仅用五个字就写出了日夕时分冷宫偏殿的幽凄情景。“殿”字照应题名“玉阶”，交代出宫中的特定环境。“夕”字点出此刻正是暮色降临之时。黄昏本是一天之中最令人惆怅的时候，对于宫嫔们来说，又是决定她们今夜有无机缘得到君王恩宠的时刻。然而殿门的珠帘已悄悄放下——这意味着君王的履迹不会再经过这里，今夕又将是一个和愁度过的不寐之夜。中唐诗人刘长卿《长门怨》说：“何事长门闭，珠帘只自垂。”可以看作“夕殿下珠帘”的注脚。因此首句既是以富丽之笔写清冷之景，又暗示了主人公的身份和不幸处境。

诗的第二句“流萤飞复息”，又从珠帘外飞舞的流萤着墨，点染长夜寂寞凄凉的气氛。首先，飞萤往往聚集在无人之处，如李白说：“金屋无人萤火流。”(《长门怨》)所以萤火飞舞又更衬托出这偏殿一角人迹罕至的清冷。点点闪烁的萤火在串串晶莹的珠帘外飘流，不但融和成清幽的意境，而且使华美的殿宇和凄清的氛围形成对照，令人想到被幽禁在这里的女子纵然能享受奢华的物质生活，也无法填补精神生活的空虚，更何况处在被冷落、遭遗弃的境遇之中？其次，萤火虫多在夏秋之交出现。初唐诗人沈佺期《长门怨》说："玉阶闻坠叶，罗幌见飞萤。"可知流萤飞舞是初秋夜景的特征，这就进一步点明时令，补足了首句的意思。流萤透露出秋的消息，难免会使本来就无限怨怅的主人公更觉惊心，又添一层时不待人、朱颜将凋的忧虑。同时，"飞复息"三字还暗示了人从日夕到夜半久久不能入眠的漫长过程。连流萤都停息了飞舞，那么珠帘内的人是否也该安歇了呢？这就自然引出了第三句"长夜缝罗衣"的主人公。

"长夜"顶住"飞复息"，点出已到夜深，又不露痕迹地将笔锋从帘外的飞萤转到帘内的人影。主人公打算以缝制罗衣来消磨长夜，其寂寞愁闷自可想见。此处着意选择自缝罗衣这一细节，还包含着希望邀得君王恩宠的一层深意。如果主人公是一个从未得到过恩幸的宫女，她穿着精心缝制的罗衣，或者能有偶然的机会引起君王的眷顾。那么，她在罗衣里缝入的便是借此改变命运的一丝幻想——这就愈见出她处境的可怜。盛唐诗人王翰的《蛾眉怨》所描写的"宫中彩女夜无事"，"忽闻天子忆蛾眉，宝凤衔花揲两螭"，"三千美人曳光锦"等情景，即是刻画宫女们在这种场合尽力缠罗曳锦、盼望有幸被天子选中的心理。如果主人公是一个昔日曾获宠幸而后来被君王厌弃的嫔妃，则罗衣又可能是君王“旧赐前日衣”(长孙左辅《宫怨》),那无疑就浸泡着更多的眼泪,缝进了更辛酸的回忆和希望。所以后来的宫怨诗都在这一点上加以发挥。如唐代诗人刘驾的《长门怨》说:“闲揲舞衣归未得,夜来砧杵六宫秋。”郑谷《长门怨》说:“闲把罗衣泣凤凰,先朝曾教舞《霓裳》。”这些诗句,都可与谢朓诗意互相发明。然而,谢诗之妙却在它没有点明主人公究竟是由于哪一类原因被冷落的,唯其如此,才给人留下了较大的想象余地,也才能在更广的范围内概括出所有深宫女子共同的不幸命运。

如果说“长夜缝罗衣”的动作暗含着主人公希求获宠的幻想,那么“思君此何极”就是她内心愁思的直接流露了。一个被冷落、遭遗弃的宫女,尽管满腔哀愁,却仍然不改思君之心,只能将改变目前处境的唯一希望寄托于君心的转变,这就愈加可悲了。因为在后宫上千佳丽中,不知有多少女子终生无缘得见君王一面,即使有幸获宠,也时时可能因君王的喜新厌旧而被贬入冷宫。在无数的长夜里,她们只能无穷尽地做着思君的幻梦,在痛苦无望的期待中度过余生。这是从其悲剧的根本原因来理解“思君此何极”的意蕴。但从诗中所表现的今夜的情景来看,“此何极”又与“长夜”相应,夜有多长,思也就有多长。对于一个不寐的女子来说,这长夜似乎是没有尽头的,因此她的愁思也是无尽无极的。这思本身就意味着怨。寓怨于思,含而不露,更觉情韵深长,耐人寻味。

这首诗题为“玉阶怨”，而全篇不着一个怨字，虽不着一个怨字，字里行间却无不流露出怨意，所以读之“渊然泠然，觉笔墨之中，笔墨之外，别有一段深情妙理”（沈德潜《古诗源》）。前人常说诗到谢朓已变有唐风，《玉阶怨》就明显地体现了这一变化。唐代出现的大量宫怨诗莫不以此诗为渊源，尤其李白的《玉阶怨》，意境之空灵透明，音韵之悠扬婉转，可谓深得谢诗三昧。足见谢朓的《玉阶怨》不但对宫怨诗的发展有其开创性的贡献，就是在声律韵调和艺术表现方面也为唐诗提供了宝贵的经验。

（葛晓音）

王孙游

原文

绿草蔓如丝，杂树红英发。
无论君不归，君归芳已歇。

鉴赏

这是一首乐府诗，《乐府诗集》收入“杂曲歌辞”一类。魏晋以来，文人创作乐府诗往往有一个特点：总是围绕着“古辞”（汉乐府）打转转，或拟古辞，或以古辞为引子生发开去（当然也有弃古辞于不顾而自铸伟辞的）。这种从古辞中寻找“母题”使创作上有所依傍的做法，已形成一个程式。南朝诗人写乐府诗虽然也依这一程式，但却出现另一种倾向，他们有时撇开汉乐府古辞，而直接上溯到《楚辞》中去寻找“母题”。比如，南齐王融和萧梁费昶都写过一首《思公子》，中心题旨就是采自《楚辞·九歌》：“风飒飒兮木萧萧，思公子兮徒离忧。”谢朓的这首诗也属于这种情况，其“母题”出于《楚辞·招隐士》：“王孙游兮不归，春草生兮萋萋。”也就是说，诗人的创作灵感获自《楚辞》，而所写内容则完全是现实生活中的感受。在古老的“母题”之中，贯注了活生生的现实内容。

蔓，蔓延；红英，即红花。春天，绿草如丝，葱葱茸茸，蔓延大地，绘写出一片绿的世界；各种各样的树上，红花竞放，绚丽夺目。绿的氛围，红的点染，在鲜明的对比之中，烘托出一派生机勃勃的景象。窈窕少女，目睹此景，心伤离情，不禁怦然心动，情思缱绻，不无惆怅地发出了感叹：“无论君不归，君归芳已歇。”且不要说心上的人儿不回来，即使等到他回来，那绚丽的花朵早已凋谢了，那大好春光早已白白地流逝了，我那美妙的年华也早已悄然飘去了。红颜难久持啊！这里，诗人不主要写少女如何急切地等待着情人，如何急不可耐，而是着重写她对于红花的珍惜，对于大好春色的留恋，由此描写出她思君、恋君的春一般的情愫。如此写来，就把主人公的心态从一般的少女怀春，从感情的倾诉和宣泄，升华到了一种对春的珍惜、对时的留恋的理性高度，渗透出一种强烈的时间意识和生命意识。这样，从景的描绘，到情的抒发，再到理性的升华，三者水乳交融般地融汇在一起了。所以，这是一首充满了生命意识的景、情、理俱佳的好诗。

诗虽短小，艺术风格却颇具特色，体现了齐梁间诗歌创作雅俗结合的一种倾向。首先，从《楚辞》中生发出来的母题，显而易见带有文人的雅、艳色彩，暗示了它与文人文学的关系；但诗人却用南朝乐府民歌五言四句的诗歌形式，来表现这一古老“母题”，这便将原有华贵、雍雅的色彩悄悄褪去，淡化，使之在语言风格上呈现出清思婉转、风情摇曳的特色。其次，诗写春的景色逗引起春的情思，因景而生情，情景相生，短章逸韵，风姿绰约，这原是南朝乐府民歌的本色,是“俗”。然而在描写笔法上却颇具匠心,诗人在绿的氛围中缀以红花的点染,巧笔对比,着意渲染,流露出文人精心构制的痕迹,表现出“雅”。雅俗结合,创为佳构。另外,诗的用韵也值得一提。诗用仄韵,短促,急切,对表现出主人公惜春、惜时的时不我待的急切心情,起到很好的作用,呈现出语浅意深、韵短情长的艺术风貌。

(吴小平)

江上曲

原文

易阳春草出，踟蹰日已暮。
莲叶尚田田，淇水不可渡。
愿子淹桂舟，时同千里路。
千里既相许，桂舟复容与。
江上可采菱，清歌共南楚。

鉴赏

这首情歌，描绘了一位纯情少女追求爱情的婉曲心迹。

易阳，即易水的北岸。这位芳龄少女，踏着青青春草，迈着婉娈多姿的步子，徘徊在易水之滨。美丽的春光，撞击着她的心怀，她的那颗复苏了的春之心，砾然漾动了，泛起了阵阵爱的涟漪。易水之滨，她在踯躅，她在流连，似乎在寻求着什么。不知不觉间，红日隐沦了，时光倏忽飞逝了。转眼，她又望着满江的莲叶，饱满挺秀，铺写出一派绿色的境界，心中却又涌上莫名的怅惘之情，感叹那绿波荡漾的淇水，难以渡越。这里，易水、淇水，均非实指，而仅仅是一种隐喻，喻义大约与巫山相同，隐指男女之间的爱情。如同时王融《古意》："巫山彩云没，淇上绿杨稀。"就是将巫山与淇水并用的。所以，"淇水不可渡"并不是感叹自然条件的阻碍，而是一种心理阻隔、衷曲难遂的折射和象征，是爱情无以寄托的婉曲之情的抒发。惟其春情荡漾，无所依附，她才在易水之阳、淇水之滨踯躅徘徊，从日出到日落，从春天到夏天（“春草出”到“莲叶尚田田”），寻找那无从捉摸却又无处不在的爱情。明乎此，便可准确把握到以下主人公直接抒情的意脉了。子，指这位女子所钟情的人；淹，即停留。这位女子所盼望的心上人终于来了。他，乘着桂舟，荡着兰桨，劈波斩浪，从清水绿波之上，翩翩而来。他不一定是为她而来的，而她，却相信他一定是为自己而来。所以，虽未曾相识，便以身心相许，由衷地发出了深情的心愿：心上的人儿，请停舟共载，我愿与你双双乘起这木兰之舟，一边采菱，一边唱歌，让那清越的爱情之歌，伴随着我们千里远航……

诗用第一人称，通过少女自己的口吻，坦吐深婉炽热的爱情，让她心灵的火花直接迸发出来，闪耀在读者眼前。如此写来，便觉率真、亲切，形象可感。这位芳龄少女，对邂逅的青年，就敢于以身心相许，远走天涯海角，其专情、大胆和率直，千载之下，读之犹感吁嗟。如此风情绰约、率意天真的纯情少女，似曾相识，在南朝乐府民歌中可以找到她的影子。如《读曲歌》：“千叶红芙蓉，照灼绿水边。余花任郎摘，慎莫罢依莲；”如《子夜四时歌·春歌》：“罗裳迮红袖，玉钗明月珰。冶游步春露，艳觅同心郎；”等等，率皆天真烂漫，婉娈多情。可见谢朓此诗之深受南朝乐府民歌的影响。其实，此诗还处处回荡着汉乐府民歌的余音。“莲叶尚田田”“江上可采菱”二句，直接从《江南》“江南可采莲，莲叶何田田”中化用而来，自不待细说。另外，在修辞技巧上也借鉴了汉乐府民歌的一种很有特色的手法，曰联珠格，俗称顶真体。此法以上句句末之词作为下句句首之词，使诗语蝉联不断，如《饮马长城窟行》：“青青河畔草，绵绵思远道。远道不可思，宿昔梦见之。梦见在我傍，忽觉在他乡。他乡各异县，展转不相见。”一环紧扣一环，意思赓续，气脉贯通。此诗中的“愿子淹桂舟，时同千里路。千里既相许，桂舟复容与”，即借鉴了这一方法，而且是六、七两句联珠，五、八两句联珠，有所变化和创新，造成一种很有形式美的语言格式，惟妙惟肖地表达了这位女子追求爱情时炽热、急切的心情。由此可见，谢朓是深得乐府民歌艺术之精髓的。

（吴小平）

曲池之水[①]

原文

缓步遵莓渚[②]，披襟待蕙风[③]。
芙蕖舞轻蒂[④]，包笋出芳丛[⑤]。
浮云自西北[⑥]，江海思无穷[⑦]。
鸟去能传响，见我绿琴中[⑧]。

注

① 曲池之水：乐府古题。《乐府诗集·杂曲歌辞》题作《曲池水》。《楚辞·招魂》："坐堂伏槛，临曲池些。"

② 遵：沿着。莓渚：生长莓苔的洲渚。

③ 披襟：散开衣襟。披，散也。蕙风：蕙丛之香风。《楚辞·招魂》："光风转蕙，氾崇兰些。"

④ 芙蕖：荷花。陆玑《毛诗草木鸟兽虫鱼疏》："其花未发为菡萏，已发为芙蕖。"

⑤ 包笋：即苞笋。苞，丛生。

⑥ "浮云"句：比喻自己客居异乡。典出曹丕《杂诗》其二："西北有浮云，亭亭如车盖。惜哉时不遇，适与飘风会。吹我东南行，行行至吴会。吴会非我乡，安得久留滞。弃置勿复陈，客子常畏人。"

⑦ "江海"句：指寄心江海，避世隐居之思由来已久。《庄子·刻意》："就薮泽，处闲旷，钓鱼闲处，无为而已矣；此江海之士，避世之人，闲暇者之所好也。"

⑧ 绿琴：绿绮琴。传说为司马相如之琴。泛指琴。

鉴赏

此诗用乐府古题，描写自然美景的同时寄寓了一种隐退避世、思乡怀归之情。首句“缓步遵莓渚，披襟待蕙风”交代了时间、地点和人物。时间在夏季，地点在水边长满莓苔的小洲，诗人散开衣襟，缓步洲边。披襟当风是诗人们的古调，代表一种不拘礼法、自由自在的精神，“披襟散想，解带舒怀”。此处不是当风，而是“待”风，重点不是风而是待，诗人在期待着什么，蕙风也就是好风，诗人期待的是如同蕙风一样可以让他心情和煦的东西。谢朓诗中经常出现怅望等待的意象，表达的也许是在现实中期待着某种安慰。

三、四句写目中所见，“芙蕖舞轻蒂，包笋出芳丛”，荷花轻轻舞动，新笋已经长出草丛。诗人的感受力很敏锐，笔下的景物轻盈鲜嫩，富有自然美感。风必然是柔和的，方见荷花之轻舞；笋必然是鲜嫩的，方见苞笋之抽节。景物并不奇特，人人可见，却给人以新奇生动之感。用浅显的语言写熟景，容易流于平俗；用生鲜的语言写僻景，又容易流于险涩。谢朓擅长从人人能感受到的寻常景物中发掘出新鲜独特的美感，用浅近的语言把这种美感传达出来，因此浅而不俗，近而能新，这是很难做到的，而且他的诗歌语言特别清新明丽而富有动感，展现出对自然之美的敏锐感受和对诗歌语言的熟练掌控。李白称赞“中间小谢又清发”（《宣州谢朓楼饯别校书叔云》），“清发”二字，意思是清新焕发，这是谢朓诗歌最大的优点之一。

五、六句转入抒情，“浮云自西北，江海思无穷。”“浮云”比喻在外之人，也就是诗人自己，此有张协《杂诗》“行云思故山”之意。“江海思”常指隐退，“江海思无穷”表示诗人的隐退之思已经萦绕已久。隐退是古代诗人的常弹之调，谢朓也不例外。“方弃汝南诺，言税辽东田。”(《宣城郡内登望》)“方同战胜者，去翦北山莱。”(《观朝雨》)谢朓的个性敏感柔弱，对波谲云诡的政治斗争深怀畏惧，诗中常常流露忧惧，“常恐鹰隼击，时菊委严霜”(《暂使下都夜发新林至京邑赠西府同僚》)，以全身避祸为首要，“虽无玄豹姿，终隐南山雾”(《之宣城郡出新林浦向板桥》)，因此“江海思无穷”也就不足为奇了。且谢朓没有强烈的用世之志，也缺乏反抗精神和直面残酷现实的勇气，思致敏感而情怀软弱，他的忧惧很少见深沉的悲愤，退隐之心也不坚定。“江海思”更多出于对现实的倦怠和逃避，如他自己诗中所言，“疲骖良易返”(《冬绪羁怀示萧谘议虞田曹刘江二常侍》)。他所希望的是回到舒适安全的所在，即家乡。

结句“鸟去能传响，见我绿琴中”，如果飞鸟能传达声响，会在琴音之中察知我的心意。绿绮琴是司马相如之琴，谢朓常将自己比作司马相如：“广平听方籍，茂陵将见求。”(《新亭渚别范零陵云》)“谁慕临淄鼎，常希茂陵渴。”(《冬绪羁怀示萧谘议虞田曹刘江二常侍》)“还邛歌赋似，休汝车骑非。”(《休沐重还丹阳道中》)除了对自己文才的自信之外，或许寄托着想要和司马相如一样退居茂陵、诗赋以终的心愿。浮云和飞鸟的意象也是连贯的，《九章·

思美人》:“愿寄言于浮云兮,遇丰隆而不将。因归鸟而致辞兮,羌迅高而难当。”上写浮云,此写飞鸟,无论浮云还是飞鸟,想要寄托自己的心意,总归是不成的。谢朓没有屈原那么强烈的感情,因此比起《思美人》的忧思郁怨,这里的浮云飞鸟更多是怅惘而已。

“绿琴”和“莓渚”“蕙风”“轻蒂”“芳丛”一样,用词清丽。末句暗应开头的“披襟待蕙风”。琴音畅怀生风,诗中常用。阮籍《咏怀》其一:“夜中不能寐,起坐弹鸣琴。薄帷鉴明月,清风吹我襟。”嵇康《兄秀才公穆入军赠诗》:“习习谷风,吹我素琴。”谢安《与王胡之》诗:“五弦清激,南风披襟。”谢朓《郡内高斋闲望答吕法曹》:“已有池上酌,复此风中琴。”同此,“芙蕖舞轻蒂”和“浮云自西北”也都暗含风之意,芙蕖舞风、浮云飘风,和披襟待风、琴音生风一起,在意象组合上构成连贯性,呈现出一种精巧的整体感,可见诗人对诗歌结构的把握。

与此相类的还有另一首《和王中丞闻琴》诗:“凉风吹月露,圆景动清阴。蕙气入怀抱,闻君此夜琴。萧瑟满林听,轻鸣响涧音。无为澹容与,蹉跎江海心。”诗人在琴音中得到了暂时的安慰,更兴起避世而不得的惆怅。此诗可与《曲池之水》参看。

（孔燕妮）

同谢谘议咏铜雀台

原文

繐帷飘井榦，樽酒若平生。
郁郁西陵树，讵闻歌吹声。
芳襟染泪迹，婵媛空复情。
玉座犹寂漠，况乃妾身轻。

鉴赏

铜雀台是曹操在建安十五年（210）建造的，在当时“其台最高，上有屋一百二十间，连接榱栋，侵彻云汉”。楼顶铸造了一个大铜雀，舒翼奋尾，势若飞动，所以名为铜雀台。据《邺都故事》记载，建安二十五年（220）曹操临死之前，在《遗令》中吩咐儿子们将自己的遗体葬在邺的西岗，并命从妾与伎人住在铜雀台上，早晚供食，每月初一和十五还要在灵帐前面奏乐唱歌。此时，诸子必须“登（铜雀）台，望吾西陵墓田”。儿子们自然遵命照办。

不知什么缘故，南朝不少诗人对这一历史故事发生了兴趣，纷纷以“铜雀台”“铜雀妓”为题，伤悲其意，为之歌咏。何逊、江淹、刘孝绰、张正见、荀仲举等人，都有同题之作。谢朓此诗描写的也是这一题材。“同”，应和的意思。谢谘议，名暻，谘议是官名。谢朓的诗是应和谢暻的铜雀台诗而作的。

井幹是汉代楼台名，诗中代指铜雀台；繐帷就是灵帐。诗人描写祭奠曹操的“盛况”：铜雀台上，歌吹洞天，舞女如云，素白的灵帐，在西风中缓缓飘荡着；曹操的儿子们，供奉先父的亡灵，摆酒设祭，就像曹操活着的时候侍奉他一样。好一个“樽酒若平生”，一种庄严肃穆和隆重热烈的场面，宛然在目。同时，又令人油然想见曹操“平生”把酒临风、横槊赋诗的盖世雄风。然而，生前的气壮山河与死后的隆重庄严，乍看虽颇相仿佛，前后如一，细味却有不胜悲凉之感。逝者如斯，只能“樽酒若平生”（像曹操生前那样供奉如故）了，但反过来说，又焉得“樽酒若平生”（像曹操活着的时候纵横捭阖、酾酒临江那样）？一句平白如话的诗，包涵了多重的意蕴，既是描述，又是感慨，留给人们广阔的想象余地。而“郁郁西陵树，讵闻歌吹声”，又与上两句有同工异曲之妙。西陵墓地，树木葱茏；铜雀台上，歌吹沸天——可是，死者长眠地下，岂能复闻丝竹之声？这似乎是为铜雀台上的伎妾们设辞，传达她们哀婉的心曲。而从诗人所处的历史地位、历史的角度细加品味，则尤感意蕴丰厚，韵味无穷：时代渺邈，年复一年，魏家天下早已改朝换代，如今还有谁为你曹操一月两次，歌舞酒乐，侍奉如常呢？铜雀故址，西陵墓地，百草丰茂，杂树丛生，而今哪里还能听到什么歌吹之声！所以，诗人禁不住要为那些无辜的伎妾们悲泣感伤了。芳襟翠袖，徒染悲泣之泪；婉转缠绵，空余伤感之情。连曹操这样的盖世英雄尚且不免“玉座寂漠”的悲哀，更何况那些地位低下、身轻体贱的伎妾们呢！

表面上看，诗写铜雀台祭奠的隆重，写西陵墓地的荒芜以及伎妾们的芳襟染泪、婉娈多情，旨意似乎是在感叹曹操的身后寂寞。实际上这是个误会。写曹操的身后寂寞，乃是为写妾伎们的寂寞张本，是一种衬垫，“玉座犹寂漠，况乃妾身轻”，正点出了这一中心题旨。盖世英主尚且不免寂寞身后之事，更何况地位低下、生前就已冷落不堪的伎妾们呢？此诗《乐府诗集》题作《铜雀妓》，也正暗示并证明了诗人题咏的中心对象是伎妾，而不是曹操。由此可见，诗人已从对铜雀故址一时一事的凭吊和感伤的圈子中跳了出来，站到了历史的高度，既饱含感情又充满理性，以超然的态度来描写、评判这一历史故事，并进而反思人生。他从大人物的悲哀中，看到了小人物的悲哀；从历史的冷酷中，领略到了现实的冷酷；从死者的寂寞中，感受到了生者的寂寞。因而，这种寂寞身后事的感伤和咏叹，已不仅仅胶着在曹操及其伎妾们身上，而上升为一种人生的感喟和反思。所以我们说，他对“铜雀妓”的题咏，既是执着的，又是超然的，在执着与超然的若即若离之中，诗人既认识、评判了历史和人物，也认识、评判了现实和自己。

这是一首怀古诗。怀古诗是以诗的形式发抒诗人对于历史、人物的认识和感受，是对历史故事的一种艺术的评判。所以，诗人往往把自己丰富的思想内蕴和复杂的感情色彩,深深地隐藏、浸润在诗的形象当中,用艺术形象来说话,来作为自己的代言人。谢朓的这首诗,也正具有这样的特点:叙写平白,而内蕴丰富、深刻;辞章短小,却韵味渺远、悠长。

（吴小平）

将发石头上烽火楼

原文

徘徊恋京邑，踯躅躧曾阿。
陵高墀阙近，眺迥风云多。
荆吴阻山岫，江海含澜波。
归飞无羽翼，其如离别何！

鉴赏

齐武帝永明九年(491)，随郡王萧子隆去荆州任刺史，谢朓从行。临走前，他登上建康(今江苏南京)西边石头山上的烽火楼。因感于离别而写了这首诗。“烽火楼”，是古代利用白天的烟和夜晚的火光来报警而建造的高楼。

古代交通、通讯条件都很差，因此，古人把离别看得很重、很痛苦，甚至把生离与死别相提并论。谢朓当时已跻身朝廷，并且在建康东首的钟山脚下有着自己的家园。所以他这次离开建康去荆州做萧子隆的文学侍从，心情十分愁苦。

“徘徊恋京邑，踯躅躧曾阿。”“踯躅”，与“徘徊”同义，都是心神不定、行动犹豫而步履迟缓的样子。“躧”，本指鞋子，这里是往上登的意思。“曾阿”，同“层阿”，重重叠叠的山，这里指石头山。开头两句吟后顿觉一种惆怅忧伤的气氛透入心扉，眼前仿佛看到这样一位青年，他满面愁容，步履迟疑地走出京城,向着江边的山上一步一步地往上踏行。他为何“徘徊”,“踯躅”?因为他对“京邑”“恋”念极了。“恋京邑”为一篇中要领。

“陵高墀阙近,眺迥风云多。”“墀”为宫殿台阶,“阙”是宫殿前左右对峙着的一对高建筑物。这里的“墀阙”即指皇宫。皇宫在京邑中,是诗人日常出没之处。建康为东吴、东晋古都,古迹胜景不胜枚举。诗人登上烽火楼,既没有放眼江天山野,一抒久处“墀阙”之怀,也没有凭吊陈迹,发思古之幽情,而是首先回首俯视“墀阙”。他平素身处墀阙,似乎对墀阙看犹未足,而来登此烽火楼作一饱览。按理说,他此日登楼所望“墀阙”,比他平日所见应是远了。但诗人在此却说是“近”了。这乍想似乎违于理,但深思后便觉合乎情。这“近”字实从首句中“恋”字而来,因其“恋京邑”,故视京邑中的一切便反远为“近”了。“近”字凝结着诗人对京邑、墀阙的无限深情。前三句写京邑,“眺迥”句与上句对举,转写荆州。他对京邑是那样的“恋”,对即将赴任的荆州,情感又怎样呢?诗人也以三句作答。“迥”,远方,这当是指荆州。据《南齐书》本传载:谢朓去荆不久,便被同僚王秀之向武帝告密,武帝随令“朓可还都”。据此可知,荆州随王府的人际关系是复杂的。谢朓对此也当早有所料,故“风云多”一语,绝非简单的写景,而实隐含着对此去荆州的畏惧之情。接着两句,隐含此情尤深:

“荆吴阻山岫,江海含澜波。”“荆”,今湖北、湖南一带,因湖北荆山而得名，是诗人赴任之所。“吴”，今江苏、浙江、安徽一带，为建康所在地。荆吴之间，有山有水。山水本是诗人素性爱好玩赏之自然景物，此时却成了他的惆怅忧郁的象征。山是阻隔两地之情的障碍，江水有着险不可测的波澜。诗人此去荆州福祸未卜，一腔心事咏叹无端，移情于景，以寄托其畏惧之思。

“归飞”一句，笔意陡转，神思飞越，由将去而未去荆州的此时，想到去荆州后思归之日，陆地有山岫相阻，水路有澜波惊扰，空中又恨身无羽翼。未去荆州时，已对京邑恋不可舍，去了荆州，遇上人事龃龉必将更“恋京邑”。“恋京邑”而归不得京邑，其心境之愁苦，亦必十倍于今日。忧思及此，笔锋再一转：“其如离别何？”自我提问道：早知日后愁苦，何必今日离此京邑而去荆州呢？

诗以“恋京邑”提携全篇，明写京邑可恋，暗写荆州可畏，由情及景，以景融情，由今及后，由后复今，妙笔回还往复，互为呼应。诗意含蕴，耐人寻味。

（殷海国）

酬王晋安

原文

梢梢枝早劲，涂涂露晚晞。
南中荣橘柚，宁知鸿雁飞。
拂雾朝青阁，日旰坐彤闱。
怅望一涂阻，参差百虑依。
春草秋更绿，公子未西归。
谁能久京洛，缁尘染素衣。

鉴赏

这是一首应酬诗。从两方面事迹考察，可推断此诗作于永明十一年(493)以后的某个秋天。其一，王晋安即王德元，据《梁书》卷三十三记载，他是在永明十一年文惠太子薨以后，“出为晋安郡(治所在今福州)”的。此诗题作“酬王晋安”，可见最早时限当从永明十一年推起。其二，正是在这一年，谢朓在政治上遭受了重大挫折，在荆州随王萧子隆西府遭受谗言，被召还都。还都后所作名诗《暂使下都夜发新林至京邑赠西府同僚》，中有“秋河曙耿耿，寒渚夜苍苍”之语，可见时值秋天。《酬王晋安》诗中也有“梢梢枝早劲，涂涂露晚晞”之句描写秋景，更有“春草秋更绿”一句点明时令，可见亦为秋天所作。诗中还有“谁能久京洛”的感慨，说明此时谢朓还在都城。据《南齐书·郁林王纪》，永明十一年十一月，立萧昭文为新安王。谢朓还都不久，即出为新安王中军记室，当亦在同时。此后，他又兼任尚书殿中郎，并在明帝萧鸾即位前后掌霸府文笔，又掌中书诏诰，直至建武二年(495)春出为宣城太守。这就说明，谢朓写作此诗的时间只能是从荆州西府还都以后、出为宣城太守以前，永明十一年或次年的秋天。明确了这一点，我们就可以把握住此诗的意脉了。

首四句写时节推移。梢梢，风动树木之声，鲍照《野鹅赋》“风梢梢而过树”，首句意实本此；涂涂，露厚貌。晞，即干。这两句写帝都已是秋深之时，清晨，萧瑟秋风，划过坚劲瘦硬的枝丫，发出冷冽呼啸之声；而厚厚秋露，直到夜晚才渐渐晞干。时节变了，从荆州西府遭谗而回的诗人，由于受到政治的打击，领教了政治气候变化无常的滋味，所以，对自然节候的迁移，亦尤敏感。他最能感受到这梢梢秋风、涂涂秋露的凛冽和凄凉。接下来“南中”二句忽转锋笔，转写友人。橘、柚都是南方植物，据《列子》，我国南方有一种“碧树，而冬生”，这就是柚。荣，这里用为动词，是繁茂生长、欣欣向荣的意思。古人传说，夏去秋来，鸿雁南飞，但南止衡岳落雁峰而已。晋安郡更在衡岳之南，当然就看不到鸿雁南飞了。诗人借此二物，是对友人说，您在南方，气候温暖，花团锦簇，哪里知道我这里已是寒气肃穆的深秋了呀！这联仍承节令写来，点题中之“酬”，同时，又通过写景暗示出自己此时此地遭际的不幸。一个“荣”字，极写“南中”气候之佳，与首联形成强烈对比和反差；再以“宁知”反诘，加强语气，似乎是要有意让友人从不寻常的措辞中品咂出难以言明的苦衷来。所以，首四句写景，一彼一此，一温一寒，语含双关，非同寻常。

接下四句写目前困窘的处境和怅惘的心情。《南齐书·东昏侯纪》载：“世祖兴光楼，上施青漆，世谓之青楼。”青阁当是指青楼，即帝王之居。旰，晚。闱，着一“彤”，是指宫门，与“青”字相对。诗人踏着寒霜，披着晨雾，上朝参拜；晚间独坐居所，寂寞终宵。如此日复一日，无所事事，已不可堪；更何况齐武帝“（谢）朓可还都”一声令下（见《南齐书·谢朓传》），把他召回，听候发落，那种战战兢兢的滋味就更加难以忍受了。等待的时间愈长，心理上的压力愈大，思想感情上便愈脆弱、敏感。所以，他才有“怅望一涂阻，参差百虑依”的深切感受。以惆怅之情，瞻望前程，唯有山重水复，障碍层层，前途渺茫，命运难卜！因此，千奇百怪的念头不由纷然涌出，络绎而生。诗人刚刚庆幸自己离开荆州西府如天空小鸟，“寥阔已高翔”（《暂使下都夜发新林至京邑赠西府同僚》），旋又陷入了无穷无尽的苦思痛想之中。这就把诗人彼时彼地如坐针毡、度日如年的特定心境和情状，惟妙惟肖地刻画出来。“百虑”而参差络绎，泉涌兔突，其焦灼、急切、恐惧……宛然可见。

最后四句又回到"酬"字上面。"春草"句化用《楚辞·招隐士》"王孙游兮不归,春草生兮萋萋"句意;"谁能"句化用陆机《为顾彦先赠妇二首》"京洛多风尘,素衣化为缁"句意,似皆泛泛寻常之语。但用意却颇凄惨、沉痛。秋天来了,您还未能回到京都;而我在此听候发落,说不定被贬被逐,祸福难料,万一有所不测,那我们就再也不能相见了。"谁能久京洛"?因为,"京洛多风尘"啊!每念及此,怎不教诗人心情沉痛,黯然神伤!

诗人与友人相赠答,欲一吐心曲,畅言块垒,当属常情。但此诗却写得曲折委婉,闪烁其词,非悉心领会,曲意迎合,不能达其旨。究其因,显然与诗人当时的处境有关。诗人罹谗还都,已吃尽流言苦头,此时若再坦吐冤屈,又被小人利用,后果将不堪设想。所以,诗人下笔,总是犹犹豫豫,躲躲闪闪,把一腔怨愤不平之情,淡化到写景当中,融进一般的酬酢问答里面。乍读,使人感到扑朔迷离,颇难把握,而搞清了它的特定写作背景和特定心境,细加品味,便觉涵濡深厚,余味无穷,仿佛可睹一颗惆怅、迷茫之心,在痛苦地颤动,在秋风萧瑟中哭泣。所以,它不是一般为文造情的赠答之作,而是一首有感而发的好诗。

诗在修辞上颇为讲究,首联、三联、四联对仗意识十分强烈,对句也较工整。写景、抒情,多化用古人成语、成句,而且有些地方(如第三联)着色较浓,颇见心力。这一些,仿佛使全诗笼罩上一层薄雾,"隔"了一层,稍稍呈现出繁复的色彩。这显然是诗人有意为之，是一种艺术上的“障眼法”，读者需拨开迷雾，方能窥其本心。外状若宁，真情暗伏，是此诗的最大特色。

（吴小平）

暂使下都夜发新林至京邑赠西府同僚[1]

原文

大江流日夜，客心悲未央。
徒念关山近，终知返路长。
秋河曙耿耿[2]，寒渚夜苍苍。
引领见京室，宫雉正相望[3]。
金波丽鳷鹊，玉绳低建章[4]。
驱车鼎门外，思见昭丘阳[5]。
驰晖不可接，何况隔两乡。
风云有鸟路，江汉限无梁。
常恐鹰隼击，时菊委严霜。
寄言罻罗者[6]，寥廓已高翔。

注

① 新林：即新林浦，在今南京西南。西府：萧子隆的荆州随王府。
② 秋河：秋天的银河。
③ 宫雉：宫墙。
④ 金波：月光。玉绳：星宿名。鳷鹊：汉观名。建章：汉宫名。此处均借指建康宫殿。
⑤ 昭丘：楚昭王墓。《水经注·沮水》："沮水又南迳楚昭王墓……故王仲宣赋《登楼》云'西接昭丘'是也。"
⑥ 罻（wèi）：捕鸟小网。《礼记·王制》："鸠化为鹰，然后设罻罗。"

鉴赏

据《南齐书·谢朓传》载，谢朓曾为随王萧子隆文学。萧子隆雅爱辞赋，谢朓以文才深受赏爱，“流连晤对，不舍日夕”，引起长史王秀之的嫉妒，“密以启闻”。于是齐武帝下令：“朓可还都。”这首诗，就是作于谢朓“还都”的途中。诗题中的“都”“京邑”，均指当时的都城建康（今江苏南京），分言之是为了避免重复。诗题点明了作诗的具体时间、地点和缘由。从“下都”到“至京邑”，诗人经历了漫长的征途跋涉，情感上也经历了由悲而喜的反复变化的艰难历程。

诗人这种心理历程，在诗中明显表现出了两次反复。前十句所写为第一次情感变化过程，即心境由灰暗转到见物境而明亮。诗人心境的悲沉，是从荆州西府带来的。所以，诗的起句劈头就说：“大江流日夜，客心悲未央。”把苍苍莽莽、日夜奔腾的江水，一种气象阔大的客观物象，同悲从中来、无止无息的悲愤心情比照起来，形成鲜明的象征。滔滔江水，滚滚东流，日夜不息，恰似诗人一腔悲愤之情，无端无极，浩浩荡荡。

这一象征，把诗人心中巨大的愤懑和不平，表现得气势壮阔。所以，虽言悲而不为纤巧柔弱，“极苍苍莽莽之致”（沈德潜《说诗晬语》）。“徒念关山近，终知返路长。”山长水远，千里迢迢，都未能使他摆脱这种悲愤心绪的缠绕，甚至在征途即将结束、都城近郊已经到达之时,耿耿萦回于心怀的,仍然是荆州西府。那里,他曾被随王知遇、赏爱,又曾被小人流言中伤。关山,指建康近郊的山。返路,返回荆州西府的路。“返路长”一句,透露了他对荆州“流连晤对,不舍日夕”生活的无限眷念。但是,当他继续前进,都城的巨大身影,还是深深吸引了他。但见秋天的夜空,已泛动着微微曙色;而水边的陆地,还笼罩在寒色苍茫之中。在夜空的映衬下,远处城阙,巍峨屹立,耿耿微明之中,连绵宫墙,已是遥遥可见了。天边的淡月,把那余晖洒落在宏伟宫殿之上,玉绳星也已悄然低垂,隐隐约约好像斜挂在宫殿下面了。这一切,都是如此的令人神往,诗人不由自主地伸长了脖颈,凝神注目。“引领”,伸长脖子,这二字写出了诗人对都城“眷恋不已”(沈德潜《古诗源》)的情感。至此,拂晓之际,京城的身影已经淡却了诗人原来怅然若失的心情,从诗人心底唤起了一种亲切、崇高的感情,他把这种感情,都倾注到京城夜景的刻画和描绘当中去了。以上十句,诗人的心境经历了一个由黯淡而至明朗的变化过程,而“引领见京室”则是这种情感衍变的契机。正是从“见京室”以后,诗人的“悲未央”的低沉心境,才像“秋河曙耿耿”的自然景色那样,稍稍透出了一线明朗之色。

然而,这一线明朗之色很快又被心灵深处的巨大阴影所遮盖了。他驱车到达建康南门,不由得悲从中来:一进此门,便将供职京师,那荆州城外的楚昭王墓,何时再得重见?建康与荆州,远隔千山万水,飞转的日轮尚且不可两地相接,更何况诗人与西府同僚人隔两地呢?他的情绪,旋即又跌入了悲的深谷,卷进了第二次感情纠葛的漩涡之中。接下来六句,诗人别具匠心地引入了小鸟的形象,从三个方面巧为设喻,委婉曲折地表达了自己复杂的心情。首先,他竟羡慕起小鸟来了:天空中虽有疾风恶云,但毕竟还有小鸟飞行的通道,它可以自由自在,任意飞翔。而自己呢,却去不得想去的地方,犹如要渡江的人却困于大川之滨,没有桥梁连通。“江汉限无梁”一句,与其说是诗人对自然条件的不满和埋怨,倒不如说是对谗邪当道、忠良受阻的谴责。正是这些流言蜚语、恶意中伤,在他与西府——能够充分施展怀抱、发挥才华的地方——之间开掘了一条无形的江汉之水,使他深感压抑。接着,他仍以小鸟为喻,道出了他在西府所处环境的险恶的一面:“常恐鹰隼击,时菊委严霜。”隼,鹰类,比鹰稍小。委,通“萎”。这两句的主语仍是小鸟,“时菊”则是喻中之喻。两句是说,那小鸟时时担心被恶鹰袭击而死于非命,犹如秋菊一夜之间受严霜摧残而枯萎。一种战战兢兢、如履薄冰的心情,通过这两个比喻,形象地描画出来了。最后,还是以小鸟为喻,抒写了脱离奸佞小人包围之后的愉快心情。罻罗者,张网捕鸟的人,指恶语中伤者如王秀之之流。“寥廓”“高翔”二语,将诗人内心抑制不住的获得解放、获得自由的激动表现得极为生动。

总起来看，诗人“至京邑”的感情是十分复杂的。离开西府，既可悲可愤，又可喜可幸；回到建康，既亲切亲近，又惶恐不安。所以，他的心态既有大悲，又有大喜，二者交织在一起，中和成一种百感交集的意绪，深深地缠绕着诗人，浸润在全诗当中。这种情感上的纠葛、转折和赓续，就像弯弯曲曲的河湖港汊，纡徐委婉，若断若续，生动地体现了诗人彼时彼地真切的心理历程。

此诗格调高古苍凉，起句意境尤为雄浑，所谓“滔滔莽莽，其来无端”（沈德潜《古诗源》），实为不朽之千古名句。此外，诗人还运用借代、化用等笔法，如以鳷鹊、建章等汉代宫观代指建康都城，“引领见京室”化用潘岳《河阳县诗》“引领望京室”，等等，给写景造成一种“隔”的感觉，人们必须发挥想象才能领会其意。这更使全诗显得波澜曲折，含蓄婉转，而与诗人的情绪表里一致，映照生辉。

（吴小平）

直中书省

原文

紫殿肃阴阴，彤庭赫宏敞。
风动万年枝，日华承露掌。
玲珑结绮钱，深沉映朱网[①]。
红药当阶翻，苍苔依砌上。
兹言翔凤池，鸣珮多清响。
信美非吾室，中园思偃仰。
朋情以郁陶[②]，春物方骀荡[③]。
安得凌风翰，聊恣山泉赏。

注

① 朱网：朱色网户。《楚辞·招魂》："网户朱缀，刻方连些。""网户"即刻有网状方格图案的门户。
② 郁陶：喜而未畅。
③ 骀荡：同"澹荡"，闲缓静美。

鉴赏

这首诗作于建武二年（495）春，谢朓时任中书郎。中书省是魏晋以来设置的官署，专掌草拟帝王诏令等事宜。直，同值，就是值班。从诗中"春物方骀荡"一句可知，这首诗就是谢朓刚刚担任中书郎、在中书省值班的时候写的。

紫殿皇宫，彤庭深院，气势宏敞，威仪赫赫，在广大宏深之中，挥洒出一派森严肃穆的气象。诗人独自一人，置身其间，周围一片寂静，仿佛感受到一种莫名的压力。于是，他信步徘徊，把目光投向了宫廷之外。但见熙熙春风，微微吹来，拂动着万年之树，洋溢出脉脉生机；承露盘在日光照耀之下，辉映出一派金光熠熠的奇观。汉时，上林苑中有万年长生之树；汉武帝也曾于宫中建造承露盘，上有仙人掌。因此，"万年枝""承露掌"都是宫廷中特有之物，诗中用以指代中书省中的景物。这些景物，本无生气，但经诗人妙笔点染，一个"风动"，一个"日华(照)"，就渲染出一派风和日丽的景象。接下来五六两句，"绮钱"，据《文选》李善注引《东宫旧事》，其时窗子有绫、绮、连、钱四面，可知"绮钱"是窗的两面。"朱网"，是镂刻有网状花格的朱红色门户。这两句是写宫廷的门窗装饰。精巧的窗牖，玲珑剔透，一扇连着一扇；门户上朱红色的镂空花格，在华光映照之下，显得富丽堂皇。再低头远望，一幅勃郁着春的气息的景象映入了诗人的眼帘："红药当阶翻，苍苔依砌上。"红的芍药，布满台阶，在春风摇荡中频频招展；青的莓苔，沿着石级，向上生长，绘写出生意盎然的怡人景象。诗人用"翻"描状春花的飞动，用"上"形容青苔的生机，红的花，青的苔，相互衬托，相映生辉，进一步渲染出了春的生意，刻画了深宫幽院环境的宁静和优雅。这，就是诗人眼中中书省的"自然环境"。而中书省的"人文环境"亦赫赫可观，历来受到重视。晋人荀勖"徙中书监，为尚书令"的时候，有人祝贺他,他气愤地说:"夺我凤凰池,卿诸人何贺我邪?"中书省有凤凰池的美誉,从此盛传。谢诗中"翔凤池",即指凤凰池,化用此典。所以,达官贵人,执牙笏,戴玉珮,来往其间,珮饰击撞之响,清越悠扬。威仪显赫之风,宛然目前。

诗至此,通过环境描写和景物刻画,极言中书省的佳好。尤其是九、十两句,采用"翔凤池"典故,渲染鸣珮清响,用以强调兹地信美,即为闲心适性之人,得之亦可心满意足。然而,诗人着意写中书省环境之美、地位之显赫,并不是因为他喜爱这里,而恰恰是相反。他心所向往、意所追求的,是山水田园的游冶与恣赏。这在艺术手法上是欲扬先抑,是一种"蓄势"。像张弓一样,弓已拉满,力已蓄足,转折的契机也就悄然降临了。接下来,诗篇便峰回路转,折入了下一层。

就像当年王粲登楼,感叹异乡虽美,终不如故乡可亲可近那样(《登楼赋》:"虽信美而非吾土兮,曾何足以少留!"),诗人对中书省产生了"信美非吾室"的深沉感慨。"信",是诚然的意思。"吾室"绝不止是一般意义上的居处、栖止之意,而是一种象征,一种宅心高远式的寄托。诗人深深感到,中书省的居处、俯仰,官场的沉浮、荣辱,这些身外之物不仅不是追求的目标,相反同自己的旨趣相去甚远。此地虽好,终非我意所求。不知不觉之中,他的心思飘然飞向了"中园",飞向了山清水秀、风光绚丽的自然之境。那里,正是春光大好、景色宜人之际,嘉朋好友,朝夕聚会，或春日胜游，“携手共行乐”(《游东田》)，或饮酒赋诗，俯仰终日，或奇文共赏，疑义相析……朋情郁陶，令人神往。这种山水之乐、朋友之谊，熏熏然使诗人陶醉。实际上，这“中园”只不过是诗人从山水之趣中构造出来的理想佳境，是从心性畅达之想中造就出来的自由之宇。而当他一旦清醒过来，意识到自己身处严肃、冷酷的现实之中、与他的理想之宇相去甚远的时候，终于从心底发出了感慨：“安得凌风翰，聊恣山泉赏？”我怎样才能插上翅膀，凌风凭虚，飞向那山水自然之境，自由自在地去欣赏山水、啸傲林壑呢？

诗中表示了浓郁的厌弃官场、向往山林的意识，这与南齐当时的政治气候和谢朓本人的处境有很大关系。前一年(494)，南齐竟在一年之内换了三个皇帝，改了三个年号。其中海陵恭王萧昭文，初为新安王，谢朓曾任其中军记室。萧昭文即位后，谢朓迁骠骑谘议，掌中书诏诰，转中书郎，颇受青睐和重用。可惜萧昭文在位仅三个月，齐明帝萧鸾即取而代之。齐明帝虽未加害于谢朓，但鉴于与萧昭文的关系，谢朓不能不心有余悸。而且，谢氏本族死于政治动乱、权力之争的，也不乏其人。谢朓伯父谢综、谢约因涉舅父范晔谋反事，被杀于刘宋，谢朓父亲谢纬仅因与兄综、约关系交恶，才得幸免一死，流徙广州。谢朓本人也在两年前(493)，于荆州随王府遭谗受讥，被迫还都。那时他已有“常恐鹰隼击，时菊委严霜”(《暂使下都夜发新林至京邑赠西府同僚》)的恐惧。凭他一介书生,焉能应付得了政治风浪的颠翻倒覆?这一系列变故,都与他有这样或那样的关系,给他以惊心动魄的刺激和教训。所以,他常怀离忧独处之心,逐渐滋生厌弃官场、向往山林之意。尤其是当他深宫值班,景空心闲,有更充裕的时间独自反思自己生活的时候,这一意念愈发浓郁、强烈了。面对气势宏敞、威仪棣棣的中书省,他不是怡然自得,倾心观赏,而相反是欲远离而去,企盼到自然山水中去寻求心理上的慰藉和安宁。这种超尘出世、返归自然的邈远情怀,正是他身处逆境苦闷心态的折射,很有代表性。

诗人采用了欲扬先抑、欲正先反的表现手法,首先运用较大篇幅描写中书省皇宫紫殿的威仪和地位的显赫,然后陡然调转笔锋,直抒胸臆,使人在峰回路转之中,领悟到诗人的真心。也就是说,先浓墨铺写衬垫,尔后淡笔点染,画龙点睛,这样,便充分写照出了诗人超迈的情怀,同时又使全诗的结构显得波澜起伏,饶有一唱三叹之致。诗人精巧的艺术匠心,于此可见出端倪。至于这种写作手法的运用,我们有理由指出,它是得精髓于王粲的《登楼赋》。因为,从“信美非吾室”一句脱胎于“虽信美而非吾土兮”一句来看,谢朓对《登楼赋》是相当熟悉的,而《登楼赋》正是采用的这种“欲擒故纵”的抒情结构,只不过一个是乡土之思,一个是畅心达性之想而已。

(吴小平)

观朝雨

原文

朔风吹飞雨，萧条江上来。
既洒百常观，复集九成台。
空蒙如薄雾，散漫似轻埃。
平明振衣坐，重门犹未开。
耳目暂无扰，怀古信悠哉。
戢翼希骧首[①]，乘流畏曝鳃[②]。
动息无兼遂，歧路多徘徊。
方同战胜者，去翦北山莱。

注

① 戢翼：敛翼不飞。喻指退隐。骧(xiāng)首：马首上举。喻指仕途进取。
② 曝鳃：比喻仕途困厄。《文选》李善注引《三秦记》云："江海大鱼，薄集龙门下，上则为龙；不得上，曝鳃水次也。"

鉴赏

谢朓一生，常有怀才不遇的感喟。"岂不思抚剑，惜哉无轻舟"(《和江丞北戍琅邪城》)，"灞池不可别，伊川难重违"(《休沐重还丹阳道中》)，这类愤懑之情每每流露在诗的字里行间。但是，每当他沉湎于清丽明净的自然山水的时候，那种功名事业之心便不显得那么强烈、那么急切了，浸浸而起的是一种归隐的意绪。于是，入隐与出仕，便成了谢朓心中一个突出的矛盾，或隐晦、或显豁地反映在他的诗歌之中。这首诗，便是这种心态的生动而典型的写照。

北风裹挟着朝雨，从江面上飘飘洒洒，呼啸而来。江上朝雨的景色，宽阔，空蒙，而又略带萧索冷落之意，澹然展现在诗人的眼前。朔风可感，但无形无影，诗人却别具匠心，通过可观之雨将它形象地描写出来。细细体会“飞雨”，既可想见朝雨飞动之状，又能感受到朔风阴助朝雨之势。百常观，本是汉代的台观之名；九成台，也是古代台名，这里都借指一般的台观。这些亭台楼阁，巍然屹立在曙色朝雨之中，一一映入诗人的眼帘。“既”“复”标识时间的先后承接，但绝不是写风雨的断而复续，而是在景观迭现之中，暗写出诗人视野的变换和转移。诗人的视角，仿佛摄像机的长镜头，缓缓地扫描过淋漓在风雨之中的煌煌台观，印入诗人心灵的胶片。所以，风雨的飘洒和集结，在诗人心目中便产生了断而复续的“既”“复”的感觉，从而在客观绘景之中，隐隐流露出主观观照的心迹。淅淅沥沥的小雨，经过风的挥舞，洒落成了烟雾氤氲、轻埃迷漫。直到此时，诗人才交代了“观朝雨”的时间和地点：“平明振衣坐，重门犹未开。”清晨，深宫重门犹未开启，诗人早已振衣而坐、欣赏晨景了。阴霾雨天，雾气沉沉，本应令人沮丧，心情不振，但他却从江上飞雨之中，从这片刻宁静的观赏之际，领略到了非凡的乐趣，久久沉湎于其间，心驰神往，流连不舍。在大自然的神奇诱惑之下，诗人心旌摇动，神思沸腾。喧嚣的尘扰，纷冗的庶务，暂时都已远他而去，使他直感到一种耳目清新的愉悦，并从这种耳目的清新，进一步体会到了精神的宁静和恬适。“耳目暂无扰”，多么难得的纯净之境、空灵之时啊！所以，此时此刻，他的心思终于摆脱了现实时空的束缚，跨越到无限渺远的自由之境，一下子飞到了远世往古，飞到了向往已久的理想之境了：“怀古信悠哉！”清晨朝雨之中，悠然缅怀亘古圣贤，心情该是多么的畅快！

这种发自心灵的对于自然山水的雅爱，同诗人深层意识中积淀的抚剑跨马、建功立业的正统思想发生了冲撞——如果像大鹏那样敛翼不飞，隐居山水之间，“平生仰令图”(《和王著作八公山》)便无从实现，所以，他仍热切地期望能像骏马一样，骧首奋鬣，千里长鸣；但如果全身心地投入仕途，致力于建功立业，又可能像黄河中的游鱼去跳龙门一样，一旦跳不过去，便有曝鳃枯身之祸。仕途险厄，人生多艰。诗人深感不可能既从容官场，又优游山林，“动”——出仕与“息”——退隐二者不可得兼，仿佛步行到人生的岔道口上，徘徊良久，举步不定。“方同战胜者，去翦北山莱。”“战胜者”用的是《淮南子》的典故：子夏“出见富贵之乐而欲之，入见先王之道又说(悦)之，两者心战故臞(瘦)，先王之道胜故肥。”“北山莱”语出《诗经·小雅·

南山有台》“北山有莱”，莱就是草。诗人表示，将抱着归隐林泉的信念到北山去刈草垦荒，耕地种田了。

一阵晨雨，给诗人带来了清新悦目的感受，但同时，又搅乱了他的心绪。出仕意识与归隐意识在诗人的思想上，始终无法将它们统一起来，“动息无兼遂”，总不可能尽如人意。为了心理的平衡、为了心性的自由，他的诗中，流露出走向归隐的意图。然而，这仅仅是诗人这一次“观朝雨”以后的一种暂时的精神解脱，实际上他并没能就此远身官场，去翦北山之莱。诗人的悲剧也正在这里。他始终没有解决“动”（出仕）与“息”（归隐）的矛盾，总是在“歧路多徘徊”。他始终肩载着这种沉重的精神负担，艰难地跋涉着人生的路。

若按写景抒情的一般程式，全诗似乎应以“平明振衣坐”领起，才能顺理成章。但那样势必使全诗结构显得平淡无奇，而且由景入情的转折也将显得生硬、突兀。诗人的高超之处正体现在这里。他以“观”为全诗之眼，前六句直接写“观”时客观之景，后八句写“观”后主观之情，“平明振衣坐”二句置于枢纽关键之处，使写景与抒情有机地结合起来，起到承上启下的重要作用。这样，读来既觉层峦叠嶂，一波三折，又感到接转巧妙妥帖，气脉流畅，饶有韵味。

（吴小平）

新亭渚别范零陵云

原文

洞庭张乐地，潇湘帝子游。
云去苍梧野，水还江汉流。
停骖我怅望，辍棹子夷犹。
广平听方籍，茂陵将见求。
心事俱已矣，江上徒离忧。

鉴赏

新亭是东吴时建筑的旧亭，在建康（今南京）郊外。水边陆地为渚；诗中又有“江上”云云，可知新亭是江边上的一座亭子。诗人在这里送别他的好友范云。

谢朓与范云都是竟陵王萧子良门下的“竟陵八友”之一，他们友情深笃，过从甚密。好友离别，已属难堪，而这次分别又非同一般。这从诗的题目可窥探到些微消息。零陵郡治在今湖南永州市零陵区北，范云此次是去赴任零陵内史，所以谢朓称他为“范零陵云”。荆楚古来被视为蛮夷之乡，京官外任荒远之地，很有点贬谪的意味。当时，范云写了一首《之零陵郡次新亭》诗，末有“沧流未可源，高帆去何已”之语，虽颇含蓄委婉，但很有不胜惆怅之情。那么，作为谢朓，好友远谪而去，他的心情当然也是很不平静的。

诗一开头,就将诗笔放纵出去,从范云将去之地湖南着笔,从彼地的往古之时写起:“洞庭张乐地,潇湘帝子游。”洞庭,山名,又称君山,在洞庭湖中。张乐,犹言作乐。潇湘,水名,湘水至零陵区西与潇水合流,故名潇湘。这里,诗人写了两个古老、美丽而又动人的故事。相传古时黄帝曾在洞庭奏《咸池》之乐;帝尧的二女娥皇、女英曾追随舜前往南方,没有赶上而死于湘水。诗人以此来代指友人将要去的地方,用心良苦。本来,蛮夷之地,瘴烟湿热,无乐可言;但,如果照实写来,对将要前往赴任的朋友来说,该会是多么大的刺激啊!所以,诗人灵心一动,从这两个古老的传说写起,巧妙地引出友人将要去的地方,既回避了触目惊心的刺激,又兼顾到了诗本身结构的整体性和一致性,可谓精巧至极。“云去苍梧野,水还江汉流。”苍梧即九嶷山,传说舜南行就是死于苍梧之野。第三、四句,仍承上那个古老的传说写下来,但笔势已开始收束。悠悠白云,飘然远去,轻烟弥漫于苍梧之野;而滔滔江水,滚滚而来,波涛汹涌汇集于建康城边。通过云水往还的景色描写,诗人将诗笔悄悄地收拢回来,从彼时彼地逐渐聚束到此时此地。他的那颗忧愁之心,先到苍梧之野萦回了一圈以后,现在,宛如乘着思绪的木兰之舟,沿着滔滔江水,徘徊到新亭江边。离别就在此地、就在此时!诗人仿佛猛然从浮想联翩中清醒过来,停车驻马,目送已泛舟江中的友人。骖,古代的三驾马车,停骖即停车。辍棹,停止划桨。夷犹,即犹豫。五六两句一写友人,一写自己,用了一个大的镜头:一个岸边立马,怅然若失;一个江中辍棹,犹豫不舍。形象含蓄地表达出了深沉的依依惜别之情。

这种离别,交织着复杂的感情。失意,怀才不遇,便是其中的一个主要成分。最后四句,明白地道出了这一心迹。广平,指晋人郑袤。郑袤曾为广平太守,有政绩,为百姓所爱。籍,即籍籍,形容声名甚盛;“听方籍”意即声望将隆盛起来。诗人用郑袤的典故,是勉励范云,希望他到任零陵后,能像郑袤那样,政有显绩,声望日隆。而“茂陵”句则是自喻。汉代大辞赋家司马相如晚年谢病,居住茂陵,汉武帝曾遣人求其文章。诗人以司马相如自比,希望自己也能像他那样,受到赏识。这与其说是写理想、抒怀抱,不如说是强打精神,互慰衷肠。因为,现实毕竟是冷酷无情的。好友远往他乡异地,自己寂寞都城,这才是现实,焉得海阔天高,奢谈理想、抱负?所以,透过表象,我们不难体会到一种无可奈何的意绪,滋滋漫溢出来,以致最后化作了无可奈何的感叹:“心事俱已矣,江上徒离忧。”离,同罹,遭受。远大的抱负,宏伟的理想,都已随着滚滚波涛,飘然而逝了,而今只有江上离别,只有无穷无尽的忧愁而已!离别的痛苦,加上失意的寥落,在诗人的心头上蒙上了一层巨大的失落之感,忧愁、苦闷、沉寂、怅惘,多重意绪深深地纠缠着诗人,使他始终怅然独立新亭,望着滔滔江水,任凭它带走诚挚的友情,搅扰五味俱全的情怀,荡涤无限渺茫、无限悠远的“心事”……

这首诗的艺术结构很奇特。一般说来，送别诗都是从此地遥想彼地，从现时憧憬将来；而谢朓此诗，率皆反其道而行之。他在时空的安排上设置了一个超乎寻常的大逆转：时间，从往古的黄帝奏乐、二妃南行写起——先将时间倒退回去，然后再慢慢收束回来，一直写到与友人送别之现时；地域，从范云将往之地洞庭潇湘（实指零陵）写起——先将地域推宕开去，然后再悄悄拉拢过来，由江汉之水，顺流直下，一直写到离别之此地。在此基础之上，再由物境而入心境，将诗笔深入到心灵深处，抒发怀友之思和惜别之情，描绘失意之志和失落之感。这样一条由远及近、由景入情的线索，蜿蜒络绎于诗的始终，表现出诗人构思上的精巧和诗篇结构上的戛戛独造。很有意思的是，韩愈有一首送别诗《送湖南李正字归》，其艺术结构竟也与此诗基本一致：送别地点是在河南，友人将往之地也是在湖南。韩愈着笔也是从彼时彼地开始，用了十句的篇幅描绘彼此的山川风景和风土人情，最后二句才写到送别之地的此情此景。韩愈是不是取法于谢朓呢？没有更多的证据，似乎不能断言。然而，同是送别诗，同是送友人往湖南，结构方法竟又相同，这一些，当不会是偶然的吧？

（吴小平）

之宣城郡出新林浦向板桥

原文

江路西南永，归流东北骛。
天际识归舟，云中辨江树。
旅思倦摇摇，孤游昔已屡。
既欢怀禄情，复协沧洲趣。
嚣尘自兹隔，赏心于此遇。
虽无玄豹姿，终隐南山雾。

鉴赏

“之宣城郡出新林浦向板桥”，诗题如此准确具体地标明了行程和去向，诗人却没有以他那清丽的秀句描绘新林浦的佳景和板桥渡的幽致。诗中展现的是浩渺无涯、东流而去的江水，伫立船首、回望天际的归客，隐隐归舟，离离江树，只如淡墨般的几点，溶化在水天相连的远处……

这是齐明帝建武二年(495)的春天，谢朓出任宣城太守，从金陵出发，逆大江西行。据李善引《水经注》：“江水经三山，又湘浦(一作幽浦)出焉。水上南北结浮桥渡水，故曰板桥浦。江又北经新林浦。”谢朓溯流而上，出新林浦是第一站。宣城之行留下不少佳篇，除这首以外，著名的《晚登三山还望京邑》即作于下一站泊舟三山时。新林浦、三山都在金陵西南，距京邑不远，宣城也在金陵西南方向，所以首句“江路西南永，归流东北骛”先点明此行水长路远，正与江水流向相背。江舟向西南行驶，水流向东北奔驰。江水尚知入海为归，人却辞别旧乡而去，这就自然令人对江水东流生出无限思慕：那水流在归海的途中，不也经过地处东北的京邑吗？那正是自己告别不久的故乡呵！此处未作一句情语，仅在人与江水相逆而行的比较中自然流露出深长的愁绪。“永”和“骛”，不但精确地形容了逆流而上与顺流而下的不同水速，而且微妙地融进了不同的感情色彩：水流已将抵达它的归宿，所以奔流得那么迅速，人却是背乡而去，而且行程刚刚开始，所以更觉得前路漫无尽头。

离思和归流自然将诗人的目光引到了遥远的天际：“天际识归舟，云中辨江树。”江面上帆影点点，即将从视野中消逝，但还能认出是归去的船只。再用心辨认，还可以看出，那隐现在天边云雾中的是江畔的树林，而有树之处就是彼岸，就是金陵呵！诗人在这里用清淡的水墨染出了一幅长江行旅图，以“辨”“识”二字精当地烘托出诗人极目回望的专注神情，则抒情主人公对故乡的无限怀恋也就不言自明了。清人王夫之说：“语有全不及情而情自无限者，心目为政，不恃外物故也。‘天际识归舟，云中辨江树’，隐然一含情凝眺之人，呼之欲出。从此写景，乃为活景。故人胸中无丘壑，眼底无性情，虽读尽天下书，不能道一句。”

(王夫之《古诗评选》卷五)历来称赏谢朓这一联名句者,鲜有如王夫之说得这样透彻。从汉魏到两晋,文人五言诗以抒情言志为主,写景成分虽逐渐增多,但总的说来情语多而景语少,即使写景也是由情见景,不忘兴喻,景语仅仅是情语的点缀。直到谢灵运的山水诗出现,五言古诗才有了纯写景而全不及情的描写。大谢山水诗刚从玄言诗脱胎而出,玄言诗中的山水描写作为玄理的印证,本来就有万象罗会、堆砌繁复的特点,这对于谢灵运寓目辄书、写景颇以繁富为累的山水诗自有直接的影响。大谢力求从山水中发现理趣,将枯燥的玄理说教变成抒情写意的手段,但还不善于使抒情说理和写景融合在一起,景物虽刻画精工而只求形似,缺少情韵,这就使他的山水诗产生了情景"截分两橛"(王夫之《薑斋诗话》)的弊病。比如同是水上行旅之作,谢灵运只能情景分咏:"旅人心长久,忧忧自相接。故乡路遥远,川陆不可涉……极目睐左阔,回顾眺右狭。日没涧增波,云生岭逾叠。白芷竞新苕,绿蘋齐初叶。摘芳芳靡谖,愉乐乐不燮。佳期缅无像,骋望谁云惬。"(《登上戍石鼓山》)这首诗倾泻忧思则径情直遂,殆无剩语,刻画景物则左顾右盼,笔笔不遗。作者还不善于将观望美景而更加郁郁不乐的心情融会在涧波、云岭、白芷、绿蘋等客观景物的描绘里,也不善于将各种零散的印象集中在骋望的目光中,熔铸成完整的意境。小谢则以清新简约的文笔洗去大谢繁缛精丽的词采,仅淡淡勾勒出寓有思乡之情的江流、归舟、云树的轮廓，并统一在远眺的视线中，这就使语不及情的景物含有无限的情韵，变成了活景。这一变化不仅使大谢与小谢诗有平直和含蓄之别，而且促使厚重典实的古调转为轻清和婉的近调，从此以后，诗歌才开出由景见情一种境界，为唐代山水行役诗将景中情、情中景融为一体，提供了成功的艺术经验。所以陈祚明说：“‘天际’二句竟堕唐音，然在选体，则渐以轻漓。”（《采菽堂古诗选》）参较孟浩然的《早寒江上有怀》，不难体味小谢此诗启唐渐近之处。孟诗后半首说：“乡泪客中尽，孤帆天际看。迷津欲有问，平海夕漫漫。”意为客中怀乡的泪水已经流尽，眺望孤帆的目光还凝留在天际。寒雾漠漠的大江上，哪里是迷途者的津渡？唯有满目夕照，平海漫漫，展示着渺茫的前程。诗中再现了“天际识归舟，云中辨江树”的意境，只是渗透着久客在外的怀乡之情以及仕途迷津的失意之感，较之小谢诗寄托更深，也更加浑融完整、清旷淡远。

谢朓出任宣城太守之前，南齐在一年（494）之内改了三个年号，换了二个皇帝，其中之一是谢朓为之充任中军记室的新安王，在位仅三个月之久。新安王登基时，谢朓连迁骠骑谘议、中书诏诰、中书郎等官职。明帝废新安王自立后，谢朓的前程虽未受影响，但目睹皇帝走马灯似地变换，不能不心有余悸。所以当他第二年出牧宣城时，对京邑固然不无留恋，不过也很庆幸自己能离开政治斗争的漩涡。此诗后八句就表现了这种复杂的情绪。“旅思倦摇摇，孤游昔已屡。”这两句承上启下，巧妙地由前四句眷恋故乡的惆怅心情转换为无可奈何的自我排遣。“摇摇”写人随着江舟的颠簸摇来晃去的感觉，以及倦于行旅、思绪恍惚的状态，是传神之笔。不说此次孤身出仕，只说从前孤游已经不止一次，越是强自宽解，便越见出眼前的孤独。

“既欢怀禄情，复协沧洲趣”，这话虽是指此去宣城既遂了做官的心愿，又合乎隐逸的幽趣，却也精炼地概括了诗人一生感激皇恩、安于荣仕和远隔嚣尘、畏祸全身这两种思想的矛盾。魏晋以后，朝隐之风逐渐兴盛，调和仕隐的理论在士大夫中也很流行。晋王康琚甚至说：“小隐隐陵薮，大隐隐朝市。”(《反招隐诗》)但将热衷利禄之心和遁迹沧洲之意这两种本来相互排斥的生活情趣如此轻巧而直截了当地统一起来，“沧洲趣”便更像是为“怀禄情”所涂上的一层风雅色彩，只是徒然显示了诗人志趣的平庸而已。好在谢朓厌恶尘俗嘈杂的感情还是真挚的：“嚣尘自兹隔，赏心于此遇。”当然这种赏心乐事充其量不过是公务之暇逍遥吟咏的散淡生活，并非真正的避世远遁，然而终究可以离开那烦嚣的是非之地，幽栖远害。所以末二句说：“虽无玄豹姿，终隐南山雾。”结尾一典多用，精当巧妙。据《列女传·贤明传·陶答子妻》载：“答子治陶三年，名誉不兴，家富三倍……居五年，从车百乘，归休，宗人击牛而贺之。其妻独抱儿而泣。姑怒曰：‘何其不祥也！’妇曰：‘……妾闻南山有玄豹，雾雨七日而不下食者，何也？欲以泽其毛而成文章也，故藏而远害……今夫子治陶，家富国贫，君不敬，民不戴，败亡之征见矣！愿与少子俱脱。'……处期年，答子之家果以盗诛。"从上下文看，诗人是说自己虽无玄豹的姿质，不能深藏远害，但此去宣城，亦与隐于南山雾雨无异；从典故的含义看，"玄豹姿"又借喻自己身为一郡之守，虽无美政德行，未必能使一郡大治，但也深知爱惜名誉，决不会做陶答子那样的贪官污吏，弄得家富国贫。所以字面意义是借出仕外郡之机隐遁远祸，典故含义又是指以淡泊心境处理政务，这就借一个典故包罗了"既欢怀禄情，复协沧洲趣"的两重旨趣，更深一层地阐明了自己以仕为隐的处世之道和以隐为仕的治政之法。结尾不但扣住赴宣城为郡守的正题，而且字面形象与首句"江路西南永"照应，令人在掩卷之后，仿佛看到诗人乘舟向着西南漫漫的江路缓缓前去，隐没在云遮雾绕的远山深处……

这首诗情景分咏，又相互映衬。前半首写江行所见之景，又暗含离乡去国之情；后半首直写幽栖远害之想，也是自我宽解之词。胸中重重丘壑，尽以"闲旷之情迢递出之"(《采菽堂古诗选》)，因此结构完整，思致含蓄，语言清淡，情味旷逸，堪称谢朓山水诗中的上乘之作。

（葛晓音）

宣城郡内登望

原文

借问下车日，匪直望舒圆①。
寒城一以眺，平楚正苍然②。
山积陵阳阻③，溪流春榖泉。
威纡距遥甸④，巉岩带远天⑤。
切切阴风暮，桑柘起寒烟。
怅望心已极，惝怳魂屡迁⑥。
结发倦为旅，平生早事边。
谁规鼎食盛，宁要狐白鲜。
方弃汝南诺，言税辽东田。

注

① 望舒：为月神驾车的神。后代指月亮。
② 平楚：犹平林。楚，丛树。杨慎《升庵诗话》："登高望远，见木杪如平地，故云平楚。"
③ 积：重叠。阻：险要之地。
④ 威纡：迂远曲折貌。距：到。遥甸：远郊。
⑤ 巉(chán)岩：高峻的山。带：连，附。
⑥ 惝(chǎng)怳(huǎng)：失意貌。

鉴赏

建武二年(495)夏，谢朓出为宣城太守。首句"下车"，指到任。从“切切阴风暮，桑柘起寒烟”二句来看，写此诗时已届深秋。也就是说，谢朓到任已有些日子了。然而，他却清晰地记得，到任之日“匪直望舒圆”。不是月明风清，而是月残缺，夜深沉。这二句实从张协《杂诗》“下车如昨日，望舒四五圆”化来，交代到任时间，似极寻常，却寓曲折。“下车日”既非今日，“匪直望舒圆”又已时过境迁，但诗人还念念不忘，平明登眺，竟首先提到它，实已流露出出任宣城太守的寥落心情。残缺的月，仿佛一个残缺的影子，时时缠绕着诗人。因而，当他“郡内登望”之时，领略到的完全是大自然苍莽萧肃的景象：“寒城一以眺，平楚正苍然。”此联以大笔勾揽寒城登望的苍茫辽阔之景，为全诗奠定了“苍然”的底色。诗人寒城登望，触目都是苍茫之色。这就把主观情绪和客观景物有机地融合在一起，通过秋天特有色彩的绘染，着力把诗人的寥落之情表现了出来。而且，两句中“一”“正”相呼应，尤其传达出一种豁然展现的意蕴，表面上是写诗人忽然观览到寒城内外一片苍茫之色，实际上，更是诗人内心情绪的一种豁然释放，正是在这豁然展现之际，怅惘心境与萧瑟物境，在一片苍茫浑融之中冥然交通了。以下三联接写登眺景色。三、四联写山势水流。“陵阳”，山名；“春縠”，水名，均在宣城郡内。远远望去，但见山势高峻险要，逶迤起伏，遥接天边；而水流潺湲，蜿蜒曲折，伸向郊外。“威纡”句近承春縠溪流，“巉岩”句远接陵阳山势，章法上恰成交叉形式，显出巧心安排针线细密之功。这是实写。五联仍用实笔，继续写景。“暮”字点明时间，隐约交代出郡城登眺的时间，诗人已驻足移目，蹉跎多时；而“阴风”“寒烟”之凄冷意象，则又在苍茫基色上加浓加重了冷寂的色调。晚风为自然景色，桑柘是农家风光，但在诗人眼中，皆成阴寒之物，所以才说“切切阴风暮，桑柘起寒烟”。沉沉日暮，风烟四起，恍惚在诗人眼帘罩上一层迷蒙轻纱，渐渐看不到辨不清眼前的秋景了。因此，一种怅惘寥落之情，更加浓烈地笼罩上诗人的心头：“怅望心已极，惝恍魂屡迁。”至此，一个“怅望”，关捩诗题“登望”，并将这种登望的特定心境“怅”字交代出来。诗人以惆怅之心，眺望秋日寒城之景，其结果显然是心情愈加沉重，景色愈加苍凉。心魂随物往，景色因情生。在结构上，此联是转折，至此收束上篇写景，转入下篇抒情。

“结发”，言弱冠时。古人称二十岁为弱冠。《礼记·曲礼上》：“二十曰弱冠。”按，谢朓十九岁解褐豫章王太尉行参军，二十三岁历随王萧子隆东中郎府。当时，唐寓之贼平，萧子隆为持节，督会稽、东阳、新安、临海、永嘉五郡，为东中郎将。所以，“结发倦为旅，平生早事边”云云，当是诗人回述此段生平。“倦为旅”，表明他初衷并不在仕途腾达，并不想驰骋疆场，叱咤风云；而却“平生早事边”，这就说出了一种身不由己的感慨——虽不是遭谗受贬，但背违初衷，总不十分自在。更重要的是因为“平生早事边”，此后才遭受一连串的打击，诸如荆州随王府遭谗还都、出为宣城太守，等等，这就更加重了诗人“倦为旅”的情绪。此联坐实了“怅望”的内容，是上一联的进一步生发。最后四句，一句一典。“谁规”句用子路游楚列鼎而食故事，事见《孔子家语》。“宁要”句用景公被狐白之裘坐于堂侧故事，事见《晏子春秋》。“方弃”句用东汉宗资事。宗资为汝南太守，每事悉委功曹范滂，自己但唯诺而已。所以时人有谣曰：“汝南太守范孟博，南阳宗资主画诺。”“言税”句用管宁事。管宁至辽东，见有人将牛暴晒于田野，便牵至凉处，并饮食之。由此管宁声名大行。谢朓这里连续化用四典，是接着上联说的，意脉上带有转折、退一步设辞的意味。其意是说，既已走上仕途，忝为一郡之守，那就要恪尽职守，施行良政，绝不能食肥衣裘，无所事事。谢朓曾在《落日怅望》诗中说：“既乏琅邪政，方憩洛阳社。”思想意脉与此同一机杼。同是登眺之作，同为“怅望”之情，又都同发施行良政之想，可以看出谢朓这一思想的连贯性。这里用典略感繁复，句式则巧妙变化，见出诗人匠心。

在总体结构上，此诗前半写景、后半抒情的特征非常明显，这显然是从谢灵运山水诗的结构方式承袭而来，表现出早期山水诗的典型结构特征。钟嵘曾评谢朓“善自发诗端，而末篇多踬”（《诗品》卷中），以揆此诗，亦颇贴切。此诗起端自然，寻常中暗寓曲折深邃，尤其是第二联，大笔勾揽苍茫浑渺之景，传达出一种整体氛围和浩杳境界，令人感受鲜明、强烈，体味无穷。它十分传神地表达了诗人此刻登临的特有心情，把景的描绘同情的感发完美地结合起来了。然而，末篇抒怀，却显得质实、曲拗，用典繁复，旨趣难求，读来深感踬碍。也许，诗人是有难言之隐而不得不用此法，但无论如何，它削弱了诗歌艺术上的整体性。这是很遗憾的。

（吴小平）

冬日晚郡事隙

原文

案牍时闲暇，偶坐观卉木。
飒飒满池荷，翛翛荫窗竹。[1]
檐隙自周流，房栊闲且肃。
苍翠望寒山，峥嵘瞰平陆。
已惕慕归心，复伤千里目。
风霜旦夕甚，蕙草无芬馥。
云谁美笙簧，孰是厌葅轴？
愿言税逸驾，临潭饵秋菊。

注

① 翛(xiāo)翛：指鸟的羽毛破敝貌。语出《诗经·豳风·鸱鸮》。

鉴赏

这是作者出任宣城太守那年冬天的一个傍晚，公务暂了、稍得空闲之际抒发一时感念之作。

作者在齐明帝建武二年(495)夏到宣城(今属安徽)任太守，次年暮秋就奉诏去南岳(参《将游湘水寻句溪》)，所以这是到宣城的当年所作。诗中摹写了宣城的冬景，也抒发了望乡思归和渴想摆脱官场、隐居求长生的复杂感情。

全诗分三节。首节八句，写料理公务之余，或坐或行所看到的远近景色。作者出守宣城,虽说“国小暇日多,民淳纷务屏”(《新治北窗和何从事》)、“高阁常昼掩,荒阶少诤辞”(《在郡卧病呈沈尚书》);但那里究竟是京城迤南的一个大郡,作者也曾视之为“股肱郡”的,对还只三十二岁、初任郡守的诗人说来,“案牍劳形”是不可免的。这天,直到傍晚,才得偷闲偶坐,透过窗户观赏一下四周的卉木。游目所及,最引起注意的,是满池发出飒飒之声的枯荷和虽能耐寒、这时也已衰敝乏神的修竹。显然,这已是“冬日”了。接着,起而循着檐廊到处走了一遭。郡署的房栊是一片空漠静寂——僚属们都已散班了。四望所见,是寒山一脉,苍翠在眼;而寒林叶落,居高俯视(宣州郡署原建筑在城内高处),郊野平陆,也居然悠然入目了。作者久忙得闲,这些静寂的景物,便在心目中留下特别鲜明的印象。坐观、行视,分两层写。其中,有近景,有远景;有耳之所闻,有目之所见;有仰望,有俯瞰,但无处不是萧瑟的冬景,无处不是凝固一般的静谧。

次节四句写内心所感。眼前是一片寒冬景象,时间又是傍晚,岁暮、日暮,最能引起人的羁愁和乡思。所以作者终于微吟出:“已惕慕归心,复伤千里目。”归思已使心神惊动不安,远望更添愁绪。用“已”、用“复”,便写出作者的愁思重叠,难以自解。何况,回忆起下车伊始,蕙草还散着余芳;而今,却已是朝夕风霜弥天了。一是“无”,一是“甚”,更见出节换时变,令人兴感!

无可排解的羁愁、归思，终于使作者在结尾四句里吐露了胸怀："云谁美笙簧？孰是厌荁轴？"《诗经·小雅·鹿鸣》有句云："吹笙鼓簧。"据孔颖达疏，是周天子召集臣下共行宴享之礼，要吹笙鼓簧（吹动笙中的簧）以娱乐嘉宾。又《诗经·卫风·考槃》有句云："硕人之荁……硕人之轴。"据郑玄笺："荁，饥意；轴，病也。"作者这里是化用经语，表达了自己既不羡慕作为王臣的种种享受、也不厌弃饥病交困的隐士生活的意愿。先用"云谁"（云何、说什么的意思），又用"孰是"，两句都用反诘语，表现了作者弃官从隐的意念的强烈。接着，又把自己的入仕、出守比作乘上了奔逸失路、茫然无归的车驾，现在是要赶快停车解驾（税，通"脱"），去追随那传说中菊潭旁的居民的时候了。据应劭《风俗通义》记载："南阳郦县甘谷有菊潭水，其上有大菊落水中。谷中二十家仰饮此水，上寿百三十，中百余，七八十为下。"诗人在这里用此典故，表达了他寻求隐居长生的心愿。

作者出任宣城太守前，在建康曾经历了萧氏皇室内部一场惊心动魄的夺位斗争。齐明帝萧鸾是杀害了他堂兄武帝萧赜的两个先后继位的孙子昭业、昭文而爬上帝位的，他在夺位前后，把萧赜的弟辈以及子、孙辈都虐杀无遗，被史家叹为"前古未有"。作者曾长期追随、亲附的竟陵王子良、随郡王子隆以及好友王融，都在这时短命死去，作者内心是创巨痛深的。事后他虽受到萧鸾的青睐，被委以重任，但心里却蒙上了深深的阴影，这在诗里也隐约地透露了出来。

诗里写宣城萧瑟冬景，真切尽致，后半抒情述感，全是从景生出。景真，也增强情的真，使全诗富有感染力。结合写诗时的时代背景来体会，可见出作者的山水诗，并不纯是“模山范水”的。

（曹融南）

落日怅望

原文

昧旦多纷喧，日晏未遑舍。
落日余清阴，高枕东窗下。
寒槐渐如束，秋菊行当把。
借问此何时，凉风怀朔马。
已伤慕归客，复思离居者。
情嗜幸非多[1]，案牍偏为寡。
既乏琅邪政[2]，方憩洛阳社[3]。

注

① 情嗜：嗜好。
② 琅邪政：用西汉朱博事。《汉书·朱博传》曰："（朱）博治郡，常令属县各用其豪杰以为大吏，文武从宜。县有剧贼及它非常，博辄移书以诡责之。其尽力有效，必加厚赏；怀诈不称，诛罚辄行。以是豪强慹服。"诗用此事，代指美政。
③ 洛阳社：用晋董京事。董京为隐士，据《晋书·董京传》，董至洛阳，"逍遥吟咏，常宿白社中"。白社，在今河南洛阳东，"洛阳社"即指白社。

鉴赏

这是一首充满思致、馥郁着人生哲理的诗篇。深秋，傍晚时分，诗人经过一整天的劳顿，终于回到了居所。"昧旦"，天将明未明之时，"日晏"，即傍晚。天还未亮，诗人就陷入了纷扰喧闹的冗务，一直埋头忙到傍晚，还没有止息。所以，当他于落日清阴之中，返回住所，东窗高枕，悠然仰卧的时候，不禁深深地舒了一口气。从尘杂纷冗、车马喧闹中抽身出来，目睹一轮红日徐徐隐沦，脉脉清阴洒满大地，诗人心中唤起的情怀，该是多么恬淡，多么惬意！诗人接着写道，槐树叶儿飘零，树干渐渐枯瘦，其坚劲瘦硬之质，好像被捆得紧紧的一样；秋菊沐浴着晶莹的露水，迎风招展，含苞开放了，就可以采摘了。这里，瘦劲的枯槐，坚峭的秋菊，展现出一派清冷峻峭的景象，宛然孤寒料峭的象征，隐隐在诗人心中唤起一丝丝寒冷之意，使他幽然滋生了暮秋怀归之感："借问此何时，凉风怀朔马。""凉风怀朔马"是化用古诗《行行重行行》"胡马依北风"句意，胡马南来，但仍依念北方故乡的风土。这是把"凉风怀朔马"当作"朔马怀凉风"的倒置来理解的。实际上不如直接解读此句，更有意味。不直言"朔马怀凉风"，反说"凉风怀朔马"，似乎是在暗寓不是诗人怀念故乡，而是故乡怀念自己的游子，这样巧笔立言，正话反说，便把诗情折入一层，把诗人深深的怀归之情惟妙惟肖地表达出来。总起来看，"借问"句是明知故问，借以启揭下文。秋风阵起，诗人由触物而伤怀："已伤慕归客"，一个"伤"字，表明了诗人"慕归"不得，徒受归思缠绕而不能自拔的情怀，措辞深沉而凝重，充满江河日下的无可奈何之叹。而归思难抑，诗人又由己而及人："复思离居者"，他不仅自"伤"，进而"伤"人。

他为晚归的游子感伤，为浪迹天涯、南北飘零的“离居者”而触怀惆怅。至此，全诗由景及情，由己及人，层层推衍，物态尽显而情怀毕现。最后四句转入直抒胸臆。诗人由深秋暮景的感触，表达了高洁的人生理想。他很崇仰西汉琅邪太守朱博能使“文武从宜（文人武将各尽其材）”的美政，“既乏”云云，既是谦逊之辞，表示私心向往而不及，同时又带有让步语气的意味。即，今既立志美政，即当勉力施行。如果不能取得像朱博那样的美誉，便去追求散淡悠闲的生活，与亲朋好友诗酒往还，逍遥终日。这种典型的“穷则独善其身，达则兼善天下”的思想，在这里得到了充分的反映。

落日，是大自然的奇伟景观，人人都可以欣赏，而由此生发的意绪却大异其趣。“夕阳无限好，只是近黄昏”（李商隐《登乐游原》），是一种惋惜，一种无可奈何的感叹；“莫道桑榆晚，为霞尚满天”（刘禹锡《酬乐天咏老见示》），则是一种豪情，一种不甘沉沦的执着。而此时此刻萦回于谢朓心头的，则是一种莫名的怅惘之情。诗人一心向往着山林，向往着形躯的超脱和精神的自由，“既乏琅邪政，方憩洛阳社”，是其人生理想。但是，镇日埋头公务，形滞案牍，眼看着花儿开了又谢，谢了又开；目睹着红日冉冉朝起，迟迟暮落，日复一日，年复一年，而心所向往的自由之宇似乎仍是那么遥远，那么渺茫。因此，一种怅惘之情不禁油然而生。诗题中的“怅”，正将这一旨意点画了出来。

如果说“怅”是氤氲于全诗的浓郁的氛围的话，那么，“望”便是贯穿全诗、结构全篇的主线。迟迟落日，脉脉清阴，因“望”而摄入诗人的笔底；寥落意绪，悒悒归思，因“望”而弥漫于诗人的胸怀。因惆怅之心而“望”落日晚景，仿佛戴上一副灰色眼镜来观察事物，一切景物都染上悲惋低沉的色调。落日清阴仿佛是诗人迟暮心绪的写照，寒槐秋菊又宛如是诗人寂寥心境的象征，景、境，都融化在诗人低沉的意绪之中了。所以，总起来说，此诗的基调是低婉的。“怅望”二字正是这种意绪的外化，是全诗的“诗眼”，具有画龙点睛的作用。

（吴小平）

游敬亭山

原文

兹山亘百里，合沓与云齐。
隐沦既已托，灵异俱然栖。
上干蔽白日，下属带回溪。
交藤荒且蔓，樛枝耸复低。
独鹤方朝唳，饥鼯此夜啼。
泄云已漫漫，夕雨亦凄凄。
我行虽纡组，兼得寻幽蹊。
缘源殊未极，归径窅如迷。
要欲追奇趣，即此陵丹梯。
皇恩竟已矣，兹理庶无睽。

鉴赏

建武二年(495)，谢朓在政治上受到排挤，由中书郎出为宣城太守。这首诗就是作于宣城太守的任上。敬亭山在今宣城市北，山上有敬亭，故名。

起二句远眺敬亭山，总览其貌。远远望去，但见敬亭山蜿蜒曲折，横贯百里，重重叠叠，直薄云霄。亘，即横贯之意。这两句，一句极写山势远大，纵横天下，连绵无际；二句极状山势高峻，崔嵬嵯峨，耸入云天。一个大笔勾勒，敬亭山的雄伟之姿一下子扑入了眼帘。这是实写，写眼中实景。接二句则采用虚笔，写心中之想。隐沦，桓谭《新论》曰："天下神人五，一曰神仙，二曰隐沦……"灵异，亦即神人之类。诗人驰骋想象，思绪乘着高山云海而飘飖腾飞，直到九霄云外。他想到，一定是神人"隐沦"托居于此，所以形形色色的"灵异"，也一并幽栖此山。难怪，敬亭山有如此高大，如此雄伟，原来是神人们在这里显现灵光啊！如此写来，一实景一虚境，笔触多变，摇曳生姿。

接下来五句至十二句，仰承前四句，具体描绘敬亭山的山光水色。山之高峻，上可直冲青云，蔽日亏月；下则属带回溪，曲折回旋。这里，用一"上"一"下"，先拉开空间距离，再分别紧追一"干"(犯，冲)一"属"(带)字，把这上下的空间距离撑张到极致；"上"冲白云，罢池陂陁；"下"带回溪，潺湲逶迤。在诗人对敬亭山从"上"到"下"瞬息间的巡视之际，敬亭山顶天立地的雄姿，便一下子豁然展现在我们眼前。这是用最短的时间俯仰扫视，描状嵯峨峻拔的敬亭山，展示出最大的空间形象——以时、空的强烈反差，在人们心理上造成新奇突兀之感，一下子便把人们摄入其境，势不可挡。如此写来，诗笔显得纵横捭阖，富有气势。这两句仍是大笔勾勒，加强前二联的状写山势。接下来六句则开始了细致的工笔描绘。蔓藤交错，樛枝纠纷；独鹤朝露而唳，饥鼯夜出以啼；晴空淡云飘忽，舒卷自如，时有秋雨适至，霖霖凄清。这里，纷纭迭现出一些山间特有的物象：藤蔓，樛枝，独鹤，饥鼯，泄云，秋雨，由此烘托出敬亭山超然物外的境界。同时，隐约写出诗人“游”山的时间和方式，紧切题目中的“游”：从独鹤朝唳到饥鼯夜啼——游山已整整一天；从身历荒藤野树，披荆斩棘，到耳听鹤鸣鼯啼，再到眼观轻云飘忽，秋雨霖霖——触觉，听觉，视觉，皆有所感。从静听坐观到攀山越岭，身体力行，其乐无穷。诗人仕途蹭蹬，加上刚受排挤打击，更加厌倦尘世荣禄，一心追求山水自然的享受，借以排遣郁闷。所以，越是荒野境界，他越是欣赏，越是觉着清新舒畅，趣味无穷。

荒山野趣，超然物外，正是诗人梦寐以求的崇高境界。最后八句，便是因沿着这一独特的心理感受和人生追求，抒发他的由衷感慨。纡，系结；组，绶也，官宦用以佩玉戴印之物。纡组也就是做官的意思。东晋以来，文人在思想上已从仕宦与归隐的矛盾对立中解脱出来，认为做官与归隐（简单说就是寄情山水）并没有根本冲突，可以既做官，也归隐，是谓“朝隐”。谢朓在思想上也常有做官与归隐的矛盾。汲汲荣禄吧，仕途崎岖艰险，难保久持；逍遥山水吧，功名事业又不忍遂弃。尤其是在他遭受挫折之际，这种矛盾愈加突出。于是，他也采取了类似“朝隐”的态度来折冲：我虽为做官之人，但也不妨寄情山水逍遥田园。诗人终于把内心矛盾“圆满解决”了，心安理得了。一个“兼”字，把他的这一心态巧妙勾画出来。接下四句，又回到写景上来：搜寻水源，尚未到达极尽，而回头瞻望，已是归路渺远、恍惚迷离了。若要追求奇情异趣，那么，就此再往山上登攀吧。宋人王安石说："世之奇伟、瑰怪、非常之观，常在于险远，而人之所罕至焉，故非有志者不能至也。"(《游褒禅山记》)对自然山水的这种体验和认识，可谓与谢朓基本一致。"奇趣"就在"险远"的崇山峻岭之中，必尽力登攀方可获得。实际上，诗人这是把人生体验融进了山水景物的描写当中，是以景写情寓理。在人生的道路上，前途尚未辨清，回归之路却早已扑朔迷离了。只有前进，不能后退了，"即此陵丹梯"吧。因而，山水景色隐隐约约折射出了诗人的心曲，反映了他在人生道路上"缘源未极"与"归径"迷离时的徘徊、忧思以至终于下定决心"即此陵丹梯"的心理历程。这种以实有之景反衬虚渺之情的写法，堪称高妙。唐人裴迪《木兰柴》诗云："苍苍落日时，鸟声乱溪水。缘溪路转深，幽兴何时已。"对山水、人生的感受堪称与谢朓灵犀相通。其中"缘溪路转深"一句显然是"缘源殊未极"的化用与再版，而"幽兴何时已"则可看成是"要欲追奇趣，即此陵丹梯"的隐括和深化。谢朓这四句诗虽然杂糅着渺渺迷茫之感，但字里行间闪烁出来的，正是"幽兴何时已"的风致和兴味。末二句是自我安慰：浩荡皇恩既已逝去，那么我就此沉湎山水，陶冶性灵，该不会有什么过错吧？睽，乖也，违背的意思。这纯然是诗人自我排解，自我开脱，也透露出他终于不能忘怀于荣禄的心理。"竟""庶"二字极妙，声吻毕肖，把诗人的那种自我解脱的婉曲心思，惟妙惟肖写照出来。

此诗从写景到抒情,笔调婉转多变,虚实相间。景中寓情,情因景兴,情景相生,颇得怡情山水刻画景色之风致,饶富意味。曾有人将此诗一部分删为四言诗,变为"此山百里,合沓云齐","行虽纡组,得践幽栖"诸语(见逯钦立《先秦汉魏晋南北朝诗》"齐诗"卷三),去掉"亘""兼"诸字。而"亘"状山势,"兼"写心情,皆传神写照之笔,舍之顿觉兴味索然。由此见出谢朓此诗注重炼字炼句之一斑。

(吴小平)

送江水曹还远馆

原文

高馆临荒途，清川带长陌。
上有流思人，怀旧望归客。
塘边草杂红，树际花犹白。
日暮有重城，何由尽离席！

鉴赏

六朝诗至南齐永明而一大变，世称“永明体”，代表诗人则是谢朓，他上承晋宋，下开唐风。前人多以他与谢灵运相比。明人钟惺称二谢诗均多排语，“然康乐排得可厌，却不失为古诗；玄晖排得不可厌，业已浸淫近体”（《古诗归》）。明人许学夷也说：“元嘉体虽尽入俳偶，语虽尽入雕刻，其声韵犹古”，至沈、谢则“声渐入律，语渐绮靡，而古声渐亡矣”（《诗源辩体》）。一古一近，判然有别。小谢的“新变”即使从这首短短的送别诗中也可窥其端绪。

理解这首诗，一上来就碰到一个颇费斟酌的问题：题面上是“还远馆”，而开头第一句即是“高馆临荒途”，那么两个“馆”字所指是一，是二？若此“高馆”即题中之“远馆”，则所写为悬想之词；若否，则是实写送别之地的景色。揣摩全诗，细绎词意，毋宁作后一解为是。

首联分别从高、远两个方面描写了送别的场景：荒郊野途,高馆孤峙,清流映带,长路迢递。馆,即客舍,安顿宾客的馆舍,可能江水曹暂寓于此,如今他又要到更远的馆舍去,诗人将与他举袂相别。荒凉凄清的景物渲染出一种离愁别绪。此处着一“带”字尤为传神:那潺湲的清流仿佛将眼前的道路带向了遥远的地方,在离人的心上更添一层渺远迷茫的情思。次联则交代去者的怀归之情。“流思”,即思绪飘忽不定、流荡无住之意;“怀旧望归客”则为“流思人”之同位语。“怀旧”,怀念旧邦或亲故之意;“望归客”,渴望归去之人,是为偏正结构,非动宾结构。此联透露出江水曹的游宦生涯,此行所去,只是远馆,而非故乡,故而客中作客,无慰“怀旧望归”之情,只能更增羁旅情怀。但是诗的第三联并未循此而生发开去,而是重又转回写景。诗人为我们展现出一片明丽的景色,那池塘春草、花树相间、红白掩映的风光确乎令人陶醉。面对如此赏心悦目的景色,人不应该离别,而应该流连忘返,尽情享受自然的赐予,但偏偏这正是离人分手的时刻。如果说首联的写景正与离情相契合的话,那么此联的写景则以强烈的反衬突现出离别的情怀。送君千里,终须一别,这是无可如何的现实,尾联重又归结到送别之意。“日暮有重城”,时光的流逝暗示出依依惜别的深情,而高城暮色的景物又加浓了伤别的情绪。天色将晚,已到了不得不分手的时刻,故主客双方只得在“何由尽离席”的感慨中分道扬镳,诗的最后留给人的是无可奈何的感喟。离席将尽而又不欲其尽,结句将惜别之情发挥得非常充分。

离别是古诗中一个陈旧的主题。这样一首主题平平的短诗，究竟透露出一些什么“新变”来呢？最突出的一点是诗人通过景物描写而抒发感情、构造意境的创作方法。汉魏古诗多胸臆语，直抒所感，古朴质实，情语多于景语，景物描写仅仅是抒情的附丽。而到了谢朓，则注意在写景中寓情，让情感蕴含在景物之中，二者不是游离之物，而是构成一个有机的统一体，成为富有情韵的意境，避免对感情作直露的、正面的表述。即以此诗而论，诗人以清词丽句描绘出一个凄清悠远而又富于色彩的境界，对别离之情几乎未作铺陈，我们感受到的是一种惜别的氛围，情绪的熏染、情感的表达是含蓄蕴藉的。这就是后人所说的“风调”“神韵”。正是在这一点上，小谢的诗成为唐诗的先声。试看王维的《归嵩山作》：“晴川带长薄，车马去闲闲。流水如有意，暮禽相与还。荒城临古渡，落日满秋山。迢递嵩高下，归来且闭关。”右丞此诗不正从小谢诗中有所借鉴吗？谢灵运也模山范水，但精雕细刻，失之板重，刻意写形，而乏情韵。玄晖则刊落繁缛，以清俊疏朗的笔调将景物构造为富有情韵的意境。于是朴拙质厚的古诗一变而为清新俊逸的近体风格。唐诗那种简笔传神的写景，情韵流动的意境，风神摇曳的格调，正是在小谢这里肇其端的。

其次，在诗歌的格律上也表现出其新变。自沈约倡“声律说”以来，诗人排比声韵，约句准篇，成为一时的风气，标志了五言古诗向近体律诗的过渡,谢朓也是这场声律化运动中的健将。严羽说:“谢朓之诗,已有全篇似唐人者。”(《沧浪诗话》)除风格而外,格律之新也是其一个方面。即以此诗论,除去押入声韵之外,其他各方面均近似一首律诗。首联对偶工切,但平仄不协,第二联不对,而第三联又成工整的对偶。这在律诗中后人称为“偷春格”,颔联的对仗移至首联,恰如花儿偷得春光,先春而开。

(黄宝华)

送江兵曹檀主簿朱孝廉还上国

原文

方舟泛春渚，携手趋上京。
安知慕归客，讵忆山中情。
香风蕊上发，好鸟叶间鸣。
挥袂送君已，独此夜琴声。

鉴赏

这是一首送别诗，作者当时正在“日暮有重城”（《送江水曹还远馆》）的宣城太守任上，政治上的波折，使他采取了“既欢怀禄情，复协沧洲趣”的两可态度，并渐渐生出引退归隐之想。江兵曹，即江泌，《南齐书》有传。檀主簿，生平不详，闻人倓以为“檀超”（见《南齐书》），陈庆元《谢朓诗歌系年》已证其误。朱孝廉，亦未详，曾与谢朓同赋杂曲《白雪曲》。江、檀、朱三位均为谢朓宣城时的僚属或同游。上国，即上京，指当时的京都建康（今江苏南京）。虽说谢朓是陈郡阳夏（今河南太康）人，但他却生于建康，长于建康，这才是他实际意义上的故乡。入仕后他长期在外地为诸王幕僚，后来又出任地方官，思乡之情常萦于怀。江、檀、朱三位的还京之举触动了谢朓本不平静的心情，从而借别述怀，表现了自己的生活志趣与人生追求。

开头两句紧扣题旨，写送别的环境、时间，描绘了一个画面：在春草满芳甸的洲渚之滨，江、檀、朱三位手挽着手，登上方舟(方同“舫”，大船)，将顺流而下，返回京城。“泛”字见出潇洒逍遥，“趋”字显得轻快而紧迫。值得注意的是，这幅画面似乎是“旁观者”的一种主观审视，带有企羡与失落的双重心理，从而对送别的内涵作了浓缩与变换，本来应该接写的送别之景、叮咛之辞、离愁之苦、相知之深、别后之念等等，一概就此打住，而转入“送别者”自己心情与处境的描述。

“安知”两句是无须回答的设问，这儿的“归”，并不仅仅是“归乡”之“归”，更是隐逸引退之意，用诗人自己的话来说，就是“思闲愿罢归”(《休沐重还丹阳道中》)，“方轸归欤愿”(《冬绪羁怀示萧谘议虞田曹刘江二常侍》)，这“归欤”，正是陶潜思乡与隐居的双重感喟。“山中”亦即“山中上芳月，故人清樽赏”(《与江水曹至滨干戏》)之“山中”，山中情，即指在宣城寻幽探奇的山中乐趣。送君南浦，自然也会勾起我的思乡之情，但有谁能够理解我羡慕“归客”的深层意识？我怎能忘怀这山中生活的无穷幽趣？“香风”两句则具体描述逗发幽趣的山中之景：蕊上清香随着轻风四处飘荡，叶间好鸟鸣唱出清啭悠扬的歌声。上句通过嗅觉写山中生活的清新、醇雅，下句则以听觉写山中生活的幽静、安谧，而清丽馨溢、鸟鸣风香的描述之中透出自得其乐，体现出“小谢”工笔淡抹、细致描摹的写景特点。

结句则又回到“送别”之上，与首句直接呼应。挥袂，即挥手。夜琴,指漫漫长夜之中聊以寄托情思的悠悠琴声。由此可见,“离别”所造成的心灵振荡、所引发的内心苦闷,并不因为“香风”“好鸟”的自宽自慰而淡化,相反变得更为孤独、深沉,因而借助琴声去表述,这使我们想起了阮籍的“夜中不能寐,起坐弹鸣琴”(《咏怀诗》),也想起陶潜那张寄寓情志的无弦之琴。谢朓诗中另有“闻君此夜琴”(《和王中丞闻琴》)、“别幌清琴哀”(《离夜》)等句,也许,这位内向、谨慎、口讷、多才的诗人,觉得琴声最能契合、表达、消弭因送别而诱发的种种愁苦,寄寓自己恬静、悠闲的隐退情趣。

（周建忠）

临溪送别

原文

帐望南浦时①，徙倚北梁步②。
叶下凉风初，日隐轻霞暮。
荒城迥易阴③，秋溪广难渡。
沫泣岂徒然④？君子行多露⑤。

注

① 南浦：南面的水边。诗文中常指送别之地。《九歌·河伯》："子交手兮东行，送美人兮南浦。"

② 徙倚：徘徊。北梁：北边的桥梁。北梁和南浦同义，皆指送别之地。王褒《九怀·陶壅》："济江海兮蝉蜕，绝北梁兮永辞。"

③ 迥：僻远貌。

④ 沬(huì)泣：以泪水洗脸。形容泪流满面。沬，洗脸。

⑤ 行多露：路上露水深重。比喻道路多艰。典出《诗经·召南·行露》："厌浥行露，岂不夙夜，谓行多露。"

鉴赏

这是一首送别诗，风格深婉，有南朝诗的清丽细腻，也有唐诗的工整开阔，能看到明显的从南朝诗向唐诗过渡的痕迹。首句点出临溪送别的主题："帐望南浦时，徙倚北梁步。"当时送别多在水边，"北梁辞欢宴，南浦送佳人"（谢朓《鼓吹曲·送远曲》）。诗人在水边送别朋友，双方惆怅张望，徘徊难舍。怅望和徙倚皆是联绵词，从音韵上加强了缠绵悱恻的离别之情。

三、四句写送别之景。“叶下凉风初，日隐轻霞暮。”一句写季候当秋，一句写时辰已晚，都不是单纯写景，景中已有情在。首二句既写水边送别，“叶下”句便用《九歌·湘夫人》“袅袅兮秋风，洞庭波兮木叶下”之语，“日隐”句将景物拉远，从上到下，打通形成一片秋水长天、日暮送别的全景。秋风初起，木叶始下，秋水悠悠，凉意袭人。“凉”不仅是身体感受，更带出凄凉伤感的整体氛围。日光渐渐隐没，晚霞渐渐黯淡，写景的同时写出了时间的流逝，呼应了首二句的怅望和徙倚。“隐”字和“轻”字暗示时间流逝的缓慢，换成日“落”或者“夕”霞就失去了这种时间感。越是在离别不舍的时候，人们对时间流逝的感觉越是深刻，这是一种生活体验，诗人用浅近而精确的语言表达出了真实而细腻的心理感受，而且自然流丽，使人耳目一新。王维在《酬诸公见过》诗中曾加引用：“山鸟群飞，日隐轻霞。”谢朓常被人称赞清丽、清发、清俊、清绮等等，梁武帝萧衍说：“不读谢诗三日，觉口臭。”(《太平广记》卷一九八引《谈薮》)这都是对他诗歌语言自然秀丽而不乏新异别致、令人讽诵无穷的赞美。见常人之所见，感常人之所感，而能言常人所不能言，这是谢朓的出众才能。

前四句通过叙事和写景，已写出离别的眷恋难舍。五、六句情景进一步交融：“荒城迥易阴，秋溪广难渡。”城廓荒僻，容易显得日光阴沉，这是实写，如“荒城夕照阴”(释智圆《送悦上人归仙岩》),“独上荒城野日阴”(孙蕡《武城》),“荒城隐隐昼恒阴”(黄衷《古祚驿和韵》)。秋水涨满溪河,水面更加宽广而难以横渡,这既是实写,也是比喻,象征前路艰难。“汉之广矣,不可泳思。江之永矣,不可方思。”(《诗经·周南·汉广》)荒城多阴从送客者角度写,送客者别后重归阴暗荒城,可想见孤单凄凉,“祖帐已伤离,荒城复愁入”(王维《齐州送祖三》)。秋水难渡从行者角度写,行者去后面对苍茫秋水,更是前路多艰,“汉广虽容舠,风悲未可渡”(虞羲《送友人上湘》)。荒城、秋溪,意象苍凉而开阔,将前半的离别之情拓展为更为深广之意境,人在境中,其情自见。后来唐诗中常有此类意象,如王维《送宇文太守赴宣城》:“地迥古城芜,月明寒潮广。”《归嵩山作》:“荒城临古渡,落日满秋山。”皇甫冉《送李录事赴饶州》:“积水长天随远客,荒城极浦足寒云。”

离别的伤感和对朋友的担忧烘托已足,末两句直接抒情:“沫泣岂徒然?君子行多露。”临别哭泣岂出徒然?是感伤君子冒艰险而行。志气豪迈的诗人自然可以“无为在歧路,儿女共沾巾”(王勃《送杜少府之任蜀川》),但离别落泪终是人之常情。前六句都是对偶句,末二句转散句,自然生出转折,仿佛积蓄的情感直冲而出,有一种结构上的力度。而且落泪不是直陈而是反问,“行多露”和“广难渡”强调了君子行路之不易,使诗句前后照应的同时,更多浑朴之真情。谢朓诗风清丽,有时不免流于纤弱,钟嵘评价他工于发端而结句乏力,“末篇多踬”(《诗品》),但这首诗的结句并不算踬。

这首诗起结点题,首尾呼应,中间二联景中含情,情境层层拓开,愈写愈深,细腻而有浑朴苍凉之致,其中的词句、意象和意境构造对后来的唐诗有一定影响,虽不至“全篇似唐人”(严羽《沧浪诗话》),确也渐启唐风。唐人偏好谢朓诗歌,“玄晖难再得”(李白《秋夜板桥浦泛月独酌怀谢朓》),“令人长忆谢玄晖”(李白《金陵城西楼月下吟》),“我吟谢朓诗上语,朔风飒飒吹飞雨”(李白《酬殷明佐见赠五云裘歌》),“谢朓每篇堪讽诵”(杜甫《寄岑嘉州》),“谢朓篇章韩信钺”(白居易《宣武令狐相公以诗寄赠传播吴中聊用短章用伸酬谢》),“诗家长忆谢玄晖”(杜牧《怀紫阁山》),等等。不仅因为谢朓有奇章秀句,也因为他在诗歌结构的整体安排上更为成熟,以精炼的诗歌语言、紧密的意象连接、有序的情感推进,增强了诗歌内部结构的有机性,为后代诗人提供了不少可供借鉴的经验。

(孔燕妮)

将游湘水寻句溪

原文

既从陵阳钓，挂鳞骖赤螭。
方寻桂水源，谒帝苍山垂。
辰哉且未会，乘景弄清漪。
瑟汩泻长淀，潺湲赴两歧。
轻蘋上靡靡，杂石下离离。
寒草分花映，戏鲔乘空移。
兴以暮秋月，清霜落素枝。
鱼鸟余方玩，缨绥君自縻。
及兹畅怀抱，山川长若斯。

鉴赏

这首诗作于齐明帝建武三年（496）暮秋。当时，作者奉诏将去湘州（治所在今湖南长沙）。这诗是将去而未成行，得有余闲到句（gōu）溪寻幽探胜时所写。诗中既细密描写了句溪的动人景物，也抒发出自己心乐鱼鸟、厌弃缨绥（冠带和冠带的下垂部分，代指贵显的地位）的感情。句溪，在宣城郡城东五里，因溪流回曲，形如句字而得名。（见《江南通志》）

去年夏日，作者来任宣城太守。宣城郡有陵阳山。《江南通志》《宣城县志》都记载这山冈峦盘曲，自敬亭山以南，隐起成三峰，环绕着县治。刘向《列仙传》里说："陵阳子明……好钓鱼……钓得白龙，子明惧，解钩拜而放之。后得白鱼，腹中有书，教子明服食之法。子明遂上黄山，采五石脂，沸水而服之。三年，龙来迎去，止陵阳山上百余年……"作者在诗的开头，便就地取材，借用这一神话传说，来比喻自己之在宣城，像是跟着陵阳子明垂钓溪上；又像是附挂在子明所乘白龙鳞上，以赤螭作骖马，漫游了仙境。接着又说不久将前往湘州，寻访桂水之源，并在南岳之麓谒祭山神。这四句用"既""方"二字作呼应，分叙已往、未来，而均具有神异色彩。这样写，既使诗一开头就境界超俗，也暗示了下文所描述的句溪宛如仙境，从而增强了诗的情韵。五六两句，作一转折，自然地引入本题——由于行期未届，所以得趁此暮秋光景，来玩赏句溪上的清漪。句溪以溪水取胜，所以特别点明"清漪"，用以总冒下文，贯串通篇，有如画龙点睛。这是首节。

次节八句，尽情摹写出溪上的景色：这里可以听到溪水泻向长淀的瑟汩声，也可看到溪水潺湲地在句溪和宛溪交会处两向分流的情景——一生钦仰谢朓的李白，不也曾以"两水夹明镜，双桥落彩虹"的名句（见《秋登宣城谢朓北楼》）写过这里的美好风光吗？溪水既清且浅，水面浮着连绵不绝的青萍。水底也是密密相依的杂石。溪水两岸，带着秋天寒意的草和花相间相映。明洁的溪水中，怡然嬉戏的鲔鱼轻捷地游动，宛如浮悬在空中——这全然是柳宗元《小石潭记》里“潭中鱼可百许头，皆若空游无所依”的意境了！在这六句之中，作者写尽了水面、水底、水侧、水中，写了声响、形态；又兼及动、静，无一不蕴蓄着动人的美，表现出句溪的“清漪”可赏。这晚秋好景，自然不能不引发人的清兴，甚至连清洌的月光、挂霜的树枝，也受到了诗人的注目，它们和溪水一起共同组成了一幅令人神魂为之一清的秋山清溪图。

最后四句是抒感。从上两节已可见出诗人心神的清爽、舒畅。“戏鲔”的游移，更触发自己的情思，并连类及鸟，自感这已尽够玩赏，因而不禁数落起另一个“我”（称之为“君”）来：“缨绥君自縻”——你又为何要用爵禄冠带来束缚自己呢？两句相对，写出心乐鱼鸟而形被缨绥所缚的内心矛盾，于是，诗人终于慨然喟叹：山川长存，永远是这样美；人生是有限的，且让我乘着这清秋光景，舒畅心怀，尽情游赏吧！

全诗以山水起笔，中段转写鱼鸟，最后复以山川作结，笔法既圆转灵动，又浑然成为一体。写溪景生动、真切，细致入微，体现作者“貌其形而得其似”（《文镜秘府论》）的才能。诗中用语清丽自然，而又多借偶句烘染情境，充分体现了诗人所特有的“撰造精丽、风华映人”（王世贞《艺苑卮言》）的清绮风格。

（曹融南）

休沐重还丹阳道中[1]

原文

薄游第从告[2]，思闲愿罢归[3]。
还邛歌赋似[4]，休汝车骑非[5]。
灞池不可别[6]，伊川难重违[7]。
汀葭稍靡靡[8]，江菼复依依[9]。
田鹄远相叫[10]，沙鸨忽争飞[11]。
云端楚山见，林表吴岫微[12]。
试与征徒望[13]，乡泪尽沾衣。
赖此盈樽酌[14]，含景望芳菲[15]。
问我劳何事，沾沐仰清徽[16]。
志狭轻轩冕[17]，恩甚恋闺闱[18]。
岁华春有酒[19]，初服偃郊扉[20]。

注

① 休沐：休息洗沐。休，息也。沐，洗发。当时官员五日一休假。丹阳：郡名。汉武帝元狩二年（前121）改鄣郡置，治宛陵（今安徽宣城），三国吴移治建业（今江苏南京）。

② 薄游：为薄禄而宦游于外。第：只。

③ 罢归：辞职或免官归里。

④ 还邛（qióng）：用司马相如归临邛（治今四川邛崃）事。蜀人司马相如擅辞赋，家贫，诱临邛富人卓王孙女卓文君逃奔，后被汉武帝拜为中郎将，持节出使，笼络西夷，至蜀，太守以下郊迎，蜀人俱以迎接为荣，卓王孙等争相献礼结交。李白《魏郡别苏明府因北游》："散尽空

掉臂，高歌赋还邛。”

⑤ 休汝：用袁绍归汝南事。《后汉书·许劭传》记载汝南人许劭字子将，名望甚高，好品评人物，为世人敬重，同郡人袁绍是大贵族，卸任濮阳令归乡，车马从人很多，将入汝南郡界时，敬畏许劭之名，遣散辞别宾客，说：“吾舆服岂可使许子将见？”于是乘坐单车归家。诗中常用作官员归乡之典。刘禹锡《浙西李大夫述梦四十韵并浙东元相公酬和斐然继声》：“车骑方休汝，归来欲效陶。”

⑥ 灞(bà)池：池名。在汉文帝灞陵上，故名。

⑦ 伊川：伊水。洛水的支流。

⑧ 汀葭(jiā)：水边的芦苇。汀，水边或水中的平地。葭，芦苇。靡靡：草木柔弱随风貌。

⑨ 江菼(tǎn)：江边芦荻。菼，荻，似苇而小。《诗经·卫风·硕人》：“葭菼揭揭。”依依：轻柔飘拂貌。

⑩ 鹄(hú)：天鹅类水鸟。

⑪ 鸨(bǎo)：鸨鸟的一种。比雁略大，背有黄褐和黑色斑纹，不善飞，能涉水，常栖息沙滩或沙渚上。

⑫ 林表：林梢，林外。吴岫(xiù)：吴地之山。

⑬ 征徒：随行仆从。

⑭ 樽：酒器。酌：饮酒。

⑮ 含景：谓日光照临。

⑯ 沾沐：蒙受恩泽。清徽：清正之风操。

⑰ 轩冕：古时大夫以上官员的车乘和冕服。借指官位爵禄。

⑱ 恩甚：恩德深厚。闺闱：此指官署。繁钦《愁思赋》：“聊弦歌以厉志，勉奉职于闺闱。”

⑲ 岁华：犹岁时。

⑳ 初服：未入仕时的服装。比喻初心。《离骚》：“进不入以离尤兮，退将复修吾初服。”偃：仰。此指安居游乐。郊扉：郊外住宅的门户。指郊外住宅。

鉴赏

齐明帝建武四年(497)，谢朓出为晋安王镇北谘议、南东海太守,行南徐州事。南东海郡和南徐州的治所都在京口(今江苏镇江)。谢朓夏天回到京城建康,不久复回京口,这首诗作于建康郊外往京口道中,表达了作者希望归隐田园的志愿。首二句,“薄游第从告,思闲愿罢归”,说当官只是遵从诏令,自己想要闲居,罢归乡里。“还邛歌赋似,休汝车骑非”用司马相如和袁绍归乡的典故,说自己只愿像司马相如一样歌赋还乡,家乡多的是许劭这样的高人君子,应该像袁绍一样单车轻骑而归,夸耀盛大的车马仆从非敬贤之道。“灞池不可别,伊川难重违。”灞池在长安,伊川在洛阳,此用长安、洛阳代指国都建康(南京),感叹家乡不可一再远别。其《晚登三山还望京邑》中写:“灞涘望长安,河阳视京县。”以王粲、潘岳遥望京洛比喻自己遥望建康,与此类同。谢朓虽然祖籍陈郡阳夏(今河南太康),但素来视建康为故乡。

前六句叙事已毕,接下来六句细写途中之所见。“汀葭稍靡靡,江菼复依依。田鹄远相叫,沙鸨忽争飞。云端楚山见,林表吴岫微。”前曰灞池、伊川,故此处写景从汀、江写起,思致顺畅。岸边的芦荻随风飘拂,依依袅袅,田野中的天鹅远远鸣叫,沙滩上的鸨鸟忽地争相飞走,楚山乍现,缭绕云端,吴峰隐约,透出树梢。汀葭、江菼、田鹄、沙鸨都是江南水岸边具有特征性的景物。靡靡、依依,形容芦荻的同时写出思归留恋之情。陆机《思归赋》写:“负靡靡而薄暮,心悠悠而增楚。”《诗经·小雅·采薇》:“昔我往矣,杨柳依依。”当时经此，已见葭菼依依，今日复见，更添感慨。草木有情，何况人乎？田鹄相叫，沙鸨争飞，兼写视觉和听觉，富有动感，和汀葭、江菼构成一幅自然水景，且既相叫、争飞，当是群鸟，行人见此，更起恋群思乡之情，引起下面云端遥望之举。“云端”二句是互文，诗人透过云端和树梢看见家乡的山峦。南京处古代吴、楚之交，故曰楚山、吴岫。二句由平陆之水景转至耸拔之山景，诗人的目光由江水向远处、高处极力眺望。登高远眺，最惹乡愁，“见”“微”两字，透露出无限乡情。家山虽然隐约微渺，但毕竟仍然得见，激动之情难以自抑，因而引出下文落泪之语。

“试与征徒望，乡泪尽沾衣。赖此盈樽酌，含景望芳菲。”四句承接上文写景，转入叙事抒情。山峰隐约，诗人和随从一起遥望，大家都落泪沾衣，思乡是最古老最普遍的感情，无论尊卑上下，相望流涕而已。“有情知望乡，谁能鬒不变？”（《晚登三山还望京邑》）至此已达情绪的高峰。接下二句写幸好还有盈樽之酒，可以一边酌饮一边欣赏美景。“芳菲”二字大有光风转蕙、舒心畅怀之意，时值夏口，并非“喧鸟覆春洲，杂英满芳甸”这样风光旖旎的春日美景，所见不过水鸟与芦苇而已，但在诗人眼中，即使水鸟和芦苇都是美好的。对一个地方深怀眷恋，就会觉得无处不美，即使再普通再平常的景物都有十足动人之处，“芳菲”正写明了这种心理。

诗篇末六句解释首二句的归隐之志。“问我劳何事，沾沐仰清徽。志狭轻轩冕,恩甚恋闺闱。岁华春有酒,初服偃郊扉。”数句反复陈述,无非就是说自己不在意官位爵禄,想要辞官归隐,奈何受恩太深,眷恋朝廷,又敬慕当权者之清徽美德,因此只好尽心王事,不便辞官。齐明帝萧鸾多疑忌刻,屠戮宗室,谢朓的故主随王萧子隆和不少亲朋好友都被他杀害,但他对谢朓颇为赏识。南徐州是建康东面的屏障,形势地位十分重要,谢朓虽然名义上辅佐晋安王治理南徐州,却是实际上的行政长官,可见齐明帝对他的信任和重用。古代知识分子在出处进退之间,常常把不能退隐的原因归结于对朝廷有责任或者受恩于当权者,将这种感情一概鄙之为饕荣虚饰,不免苛刻。杜甫亦言:“非无江海志,潇洒送日月。生逢尧舜君,不忍便永诀。”(《自京赴奉先县咏怀五百字》)谢朓身为谢家子弟,被朝廷重用,不可能放弃仕途完全归隐,也不想卷入血腥的政治斗争,离开京城去外地做官比较契合他的心愿,如《之宣城郡出新林浦向板桥》诗中所写:“既欢怀禄情,复协沧州趣。”但这样仍有矛盾,就是必须远离家乡建康,因此虽然“欢”“协”,但仍然“天际识归舟,云中辨江树”,凝眺不舍之情溢于言表,还未离家已经开始计算归期,“佳期怅何许,泪下如流霰”(《晚登三山还望京邑》)。这种出仕与隐退、避祸与思乡间的矛盾,是谢朓诗歌中最常见的情感纠结,如《观朝雨》诗中所言,“动息无兼遂,歧路多徘徊”。这首《休沐重还丹阳道中》也不例外。

但是谢朓反复强调“沾沐”“清徽”“恩甚”，以诸多颂词解释自己想要归隐并非对当权者不满，既被后世读者讥为阿谀，也使诗歌不免冗赘，从诗歌结构上说是一种破坏。谢朓诗歌中常常出现这种过度且突兀的自我辩解，可见诗人面对权力的谨慎、卑微，和对自我意志的压抑。这种气质性格反映在诗歌里，有时就呈现出一种虚饰繁冗、劲气不足之感。谢朓出身贵族世家，性格软弱却常常处于政治风暴之中，亲友被戮使他胆战心惊，为求避祸保命甚至于不计声名去告密，为世人所讥，但最后还是卷入政变漩涡中被处死，年仅三十六岁。结合这种现实政治的高压，或可稍能感受这种“谀辞”之所出。

（孔燕妮）

移病还园示亲属

原文

疲策倦人世，敛性就幽蓬。
停琴伫凉月，灭烛听归鸿。
凉薰乘暮晰，秋华临夜空。
叶低知露密，崖断识云重。
折荷葺寒袂，开镜眄衰容。
海暮腾清气，河关秘栖冲。
烟衡时未歇，芝兰去相从。

鉴赏

诗题的意思是：向上司书面请病假还乡，因给家乡亲人写了这首诗。“移”，指公文，即书面报告。“园”，指诗人在建康东首钟山脚下的家园“东田”。

此诗具体写作时间已难考定。味其内容，可能是作于齐郁林王隆昌(494)年间。武帝永明末年春，谢朓在荆州遭王秀之谗毁，奉诏回京，又被闲置。七月，武帝死，八月，昭业即位为郁林王。谢朓被启用为新安王中军记室。皇室间为争夺皇权而大肆杀戮、谢朓的诗友王融等亦遭杀害，皇城一片恐怖，谢朓忧惧万分，弃官求隐思想一时占了上风，告病假回乡以避官场风险，自在其情理之中。

诗题说是因病而告假回乡，诗的首句却说是因为“疲”于官场的奔波而离官的。“策”，受上司的驱使。“人世”，指官场。做官虽是既荣华又富贵，但遇祸乱时便有危险。谢朓一生谨小慎微，今遇朝廷祸乱，自然害怕而想离官还乡。次句写“还园”。“幽蓬”，指远离繁华境地的简陋草屋。此指诗人的家园。“敛性”二字承上启下，由“人世”官场转到“幽蓬”家园，生活环境和自己的地位都变了，原来为追逐名利而混迹俯仰于官场的贪欲邪念，此刻也必须随之而收敛，以适应“幽蓬”之新环境。前句“倦”字以示无意于“人世”。下句之“就”，紧承“倦”字，点示“幽蓬”对诗人的无限吸引力。一“倦”一“就”，诗人厌恶“人世”、向往“幽蓬”之情表露无遗。

“停琴”以下，全写诗人处身“幽蓬”情景。诗人厌弃“人世”，迁“就”这梦寐以求的“幽蓬”，自然是怡然自得，陶然忘机了。“停琴伫凉月，灭烛听归鸿。凉薰乘暮晰，秋华临夜空”四句全写“幽蓬”月夜。古代，琴是最能表达诗人幽情的，明月则更与隐者结下不解之缘。“停琴”是说，诗人本来是在悠闲地弹琴自娱的，当一轮明月从东方冉冉升起时，他立刻为月所迷，而骤停手中之琴，伫立于明月之中。“伫”是久立以待之意。前一“停”字，中一“伫”字，后一“凉”字，传神地活画出诗人凝神忘情见月而痴的神态。唯其“伫”立，故有月“凉”之感。有了月，自然就该灭了烛。灭了烛，能使月光更满，蓬境更幽，因而更能清晰地听到远方传来的归雁的飞鸣。“听归鸿”,不但丝毫无碍于蓬境之幽,而且反有“鸿鸣蓬更幽”之感。“薰”,是一种香草。“暮晰”“秋华”均指月光。诗人从“停琴伫凉月”的夜初,一直玩赏到“秋华临夜空”的深夜,左右不见一人,唯薰草与月光相伴,可见诗人对幽蓬夜月迷恋之深。再细味“停琴”“凉月”“灭烛”“归鸿”“凉薰”等种种景色,又无不隐约地寄寓着倦于“人世”“疲策”而归“就幽蓬”的诗人自身之影。

“叶低知露密,崖断识云重”,由夜转晨,写黎明景色。树叶因露水浓重而低垂,这是黎明所见近景;山崖因凝结的云雾横抹山腰,而看似断折,这是清晨所眺远景。“叶低”“崖断”,是凭视觉直接看到的;“露密”“云重”,是据生活知识间接悟到的。见“叶低”“崖断”而见不出叶之所以低、崖之所以断,却以“叶低”“崖断”提疑问,以“露密”“云重”作答疑。以此自问自答,更得黎明朦胧景色之神趣。

“折荷葺寒袂,开镜眄衰容”,二句由晨转昼。“荷”为水生植物,叶大,花香,出自清水。因此,古代隐士常标榜以荷为衣,以象征自己雅洁、幽香、清寒。“葺”,为修补之意。“袂”,本指衣袖,这里指衣服。时临深秋,折荷制衣,以示隐逸之志洁而且坚。因清水亦能照见人形,故此句中之“镜”,实指荷塘水面。对镜自见形容憔悴,可知久处“人世”“疲策”,所付出的代价。言外之意是,我早该离开“人世”了。

“海暮腾清气,河关秘栖冲”二句,由白昼再转到傍晚。

“海”，指宽阔的江面。“栖冲”，冲和淡泊的居处，此指隐士在深山的简陋居处。这二句是说：时临傍晚，宽阔的江面雾霭纷纷。河水关山把我的深山居处与外界隔绝了。“秘栖冲”与“就幽蓬”呼应。前句是“就”，是说刚来幽蓬，后句“秘”意在拒绝出山了。

末两句“烟衡时未歇，芝兰去相从”进一步写“敛性”。“烟衡”，闻人倓《古诗笺》作“杜衡”，是一种形似葵的香草。这里是暗喻情操高洁的隐士。“芝兰”，也是香草，这里暗喻自己。这二句意思是说：情操高尚的人时时都存在，我要随从他们而去。“芝兰”相从“杜衡”，暗合诗题诗人“还园示亲属”之意。

全诗十四句。先用粗笔概括交代诗人厌倦并离弃官场，回到自己故乡。再以细笔具体地描写故乡黄昏、月夜、黎明、白昼、再到傍晚的优美、幽静、高洁的景趣，以对比令人厌倦的官场。对官场的污秽不着一字，而其污秽自见于读者的心中。

（殷海国）

出下馆

原文

麦候始清和①，凉雨销炎燠②。
红莲摇弱荇③，丹藤绕新竹。
物色盈怀抱④，方驾娱耳目⑤。
零落既难留，何用存华屋⑥！

注

① 麦候：麦熟季节。指孟夏，农历四月。清和：天气清明和暖。诗文中常指初夏。谢灵运《游赤石进帆海》："首夏犹清和，芳草亦未歇。"
② 炎燠(yù)：炎热。燠，暖。
③ 荇(xìng)：荇菜。一种多年生水生草本。茎细长，节上生根，沉没水中。叶对生，漂浮水面。夏秋开黄花。
④ 物色：风物景色。鲍照《秋日示休上人》："物色延暮思，霜露逼朝荣。"
⑤ 方驾：两车并行。
⑥ 华屋：华美的屋宇。曹植《箜篌引》："生存华屋处，零落归山丘。"

鉴赏

这首诗别题作《夏日》，写的是夏日之景。诗人雨后出游，想要一畅怀抱，结果反而生出世事无常之悲感。首二句点明时节是初夏，天气开始和暖，一场凉雨消除了炎热。"麦候始清和，凉雨销炎燠。"短短两句中有"清和""凉雨""炎燠"三种不同的气候感受，"清和"正初夏，"炎燠”似盛夏，“凉雨”似初秋，可见初夏天气之变幻不定，冷暖无常。

三、四句分写水陆之景，“红莲摇弱荇，丹藤绕新竹”，莲、荇、藤、竹，都是夏日常见之风物，但写来不俗，笔触细致。荇菜开黄花，朵小而密，贴近水面，荷花红粉艳丽，朵大而疏，茎高出水，两种植物无论颜色、大小、高矮皆形成鲜明对比。与荷花相比，荇菜自然显“弱”，荷花大而受风，带动荇菜摇曳水中，因此有“红莲摇弱荇”。丹藤是赭红色，颜色深，新竹是鲜绿色，颜色嫩，藤曲而竹直，藤柔而竹硬，因此能“丹藤绕新竹”，两者的颜色、性状、姿态同样对比鲜明。莲摇藤绕，荇弱竹新，荇和竹都处于被外物所牵动、所缠扰的状态，景物中蕴含着一种微妙的压抑之感。比谢朓年代稍晚一些的庾肩吾写过类似的景色，“绿荷生绮叶，丹藤上细苗”（《从皇太子出玄圃应令》），感观迥异。此外，“红莲”和“丹藤”都属赤色，一般的对仗大多以红对绿苍青紫，比如庾诗中“绿荷”对“丹藤”，又如“丹藤绕垂干，绿竹荫清池”（萧统《和武帝游钟山大爱敬寺》）、“绿竹含新粉，红莲落故衣”（王维《山居即事》）等等。谢朓自己也多以红对绿，如“红药当阶翻，苍苔依砌上”（《直中书省》）、“徘徊发红萼，葳蕤动绿葹”（《咏风》）、“朱台郁相望，青槐纷驰道”（《永明乐》其三）等等。此处以“红莲”和“丹藤”相对，一是感官上以“红”“丹”这样的鲜明之色呼应上一句的“炎燠”，二是逻辑上强化了“红莲”“丹藤”对“弱荇”“新竹”的牵制束缚。前四句在景物描写中蕴含了一种整体的无常、压抑和郁闷不舒之感，这种感觉完全是由诗歌语言塑造的，非常精微，出于诗人对外物的极度敏感和发达的心灵联想力，景物中蕴含了诗人当下的心灵感受。

五、六句叙事，“物色盈怀抱，方驾娱耳目”，从一般逻辑上说，应该是先“方驾娱耳目”，然后“物色盈怀抱”。此处颠倒，是风物景色充盈心怀，然后诗人才驾车出行，以娱耳目。既然充盈心怀的物色带给诗人的不是宽慰和解脱，反而需要出行以散心，那么耳目之遇未必能“娱”。或许受谢朓的影响，后来诗文中常常“耳目”“怀抱”对举，略举几例，如江总《赠贺左丞萧舍人》：“九流倦耳目，十年变怀抱。”储光羲《贻刘高士别》：“耳目旷暄凉，怀抱盈悲惋。”白居易《登乐游园望》：“耳目暂清旷，怀抱郁不伸。”耳目所及，或可忘怀，但情由心生，在压抑的心灵中，耳目所及带来的往往不是宽慰而是伤感和悲戚。

末二句“零落既难留，何用存华屋”用曹植“生存华屋处，零落归山丘”之语，既然终究都要零落，又何须生存在华美之处呢？诗人出游散心，得到的却是这样的悲叹。草曰零，木曰落，草木不免零落，人亦不免一死。“零落悲友朋。”(《始出尚书省》)谢朓的不少亲人朋友死于残酷的政治屠杀，如他的岳父王敬则，他的朋友萧子隆、王融等。既然最终都要归于死亡和寂灭，那么又何必有所眷恋。结句看似突兀，但是细品前六句叙事写景中隐含的诗人心理，结句自有其合理性。天气看似清明和暖，然而时凉时热，不可捉摸，莲摇弱荇、藤绕新竹的风景看似美好，然而处处可见牵绊和束缚，若要解脱，除非零落殆尽。既然零落殆尽才能解脱，那么又有何美景可求？何华屋可居？稍微加以联想，可以想到诗人生存的政治环境变幻无常，诗人始终处在对不同当权者的依附之中，依附当然带给他摇动、困扰和束缚，而权力本身也极不可靠，随时会覆灭，既然所有人终归难逃一死，汲汲营营的追求又有何用？曹植写"生存华屋处，零落归山丘"，接以"先民谁不死？知命复何忧"，但谢朓毕竟不是曹植，做不出这样的旷达豪迈之态，因此这首诗整体是隐微的、消沉的、曲折的。

另，谢朓有一首《观朝雨》诗，写一场朝雨之后躁动之心息而悠然之思起，"耳目暂无扰，怀古信悠哉"，想要就此辞官隐居，"方同战胜者，去翦北山莱"。何焯评价说："玄晖之言如此，而卒不免自蹈暴鳃之祸者，盖清雨晓凉，万虑俱息，能战胜俄顷之间，而不觉旋惑于富贵之途也。行之维艰，亦可悲夫！"（《义门读书记》卷四十七）自然环境对人心的影响是很微妙的，景色所触发的情感千变万化，一场凉雨可以使诗人顿生归隐之心，情动于中而形于言。从这个角度，这首《出下馆》或可理解为一场凉雨浇熄了谢朓心中经营仕途之炎燠，而耳目所接却牵绕不定，非"无扰"而是更扰，触发了心中的不安与悲凉，想到亲朋见杀，生死无常，一切终将零落，心境不能不归于沉痛迷惘之中。这种复杂微妙的情绪，似乎不是感伤时物变迁、年命易往所能涵括的。

（孔燕妮）

游东田

原文

戚戚苦无悰[①]，携手共行乐。
寻云陟累榭[②]，随山望菌阁。
远树暧阡阡，生烟纷漠漠[③]。
鱼戏新荷动，鸟散余花落。
不对芳春酒，还望青山郭。

注

① 悰(cóng)：欢乐。
② 陟(zhì)：登高。累：重叠。
③ 纷：散乱。漠漠：密布貌。

鉴赏

这是一首纪游诗。

东田是当时都城建康(今江苏南京)郊外的一个著名风景胜地。它北依龙盘虎踞的钟山，南望繁华热闹的秦淮，风光秀丽，景色宜人。南齐王公贵族、文人雅士，多在此修筑池园，建立别墅，用以陶冶心性，愉情快意。齐武帝的文惠太子率先在此设立楼馆，"东田"之名由是鹊起。大文豪沈约也"立宅东田，瞩望郊阜"，他的那篇名震一时的《郊居赋》，就是缘此而作的(见《梁书·沈约传》)。据《文选》李善注,谢朓在东田也有庄园;这首诗,就是他游览东田以后写的。诗的题目也将这一特定的写作背景明确昭示出来了。

诗人中心戚戚,意绪沉沉,被莫名的惆怅、苦闷缠绕着、折磨着,无法排解。“苦”与“无悰”是一个意思,诗人叠用而不厌其烦,并于其首冠以联绵词“戚戚”二字(忧虑无法排解的样子),很显然是要强调心中苦闷的浓度和深度。是怀才不遇?是忧谗畏讥?抑或二者兼而有之?总而言之,诗人被这种忧愁意绪困扰得太久了、太深了,所以,他要同二三胜友来到东田,“携手共行乐”。这两句是表白出游的心迹。心情被压抑得越久,便越是渴望解脱,越是渴望一种纵性放情式的释放和宣泄,所以,透过这种看似简单的表白,不难窥探到诗人对于此次出游,是寄予了多么大的希望。

晴空一望无际,万里清朗。诗人的心胸顿时为之一阔。他望着淡淡的白云,在天边悠然飘浮,心性不禁随之神往。他似乎要随着那朵朵白云,任意地无拘无束地飘荡,飘向遥远遥远的地方。所以,他的步履,沿着层层台阶,步步登高了,攀上了一座座亭台,登上了一层层楼榭;他的视野,也变得更加开阔、更加明亮了——极目远眺,远近山峦,连绵起伏,蜿蜒曲折,一座座华美楼阁,随山就势,在夏日普照之下,隐隐约约,叠现其间。这两句是总写游览风景。“寻云”是心中的志趣,象征着高尚的追求;陟,是随之而产生的行动。正是因着追逐行云的步伐,诗人才一步一步登上了重台累榭,才能够“随山望菌阁”。“菌阁”,即檐如菌芝的华美楼阁。那是文惠太子等人在此建造的山庄田园,其亭台楼阁之华美富丽,不难想见。而诗人的兴致显然不在于此。登高而望远,他把自己的思绪推宕得更深更远,把目光纵情投向遥远的天边,一幅夏日远景的山水图画澹然浮现在眼前:“远树暧阡阡,生烟纷漠漠。”暧,昏昏不明;阡阡,同芊芊,树木茂盛的样子。但见远天接壤之处,树木郁郁葱葱;云水弥漫,纷纭缭绕,蒸腾起缕缕轻烟,绘画出一幅烟水缥渺、云雾迷蒙的充满诗情画意的景象。“生烟”二字下得极妙,它状写云水弥漫、不绝如缕的动态,并将芊芊树木隐约其间,远远看去,随着烟雾的不断缭绕和升腾,静的树木仿佛也依稀飘飘欲动了。由此,可以想见芊芊远树的昏暧之貌,可谓出神入化。这样,用绿的树同白的云两相映衬、两相对照,用静的树同动的烟两相烘托、两两相生,这幅夏日远景图画真是活了,既富有层次,富于色彩,又富有动态的感觉。清人王夫之称赞谢朓写景善写“活景”(《古诗评选》),正是指这一点。接下来,诗人“收视返听”,把目光从天边收束到近前,描绘了夏日近景的图画:“鱼戏新荷动,鸟散余花落。”池塘里,游鱼倏忽往来,嬉戏于清水绿荷之间,溅起的阵阵涟漪,晃动着新荷。这景色,使人联想起“鱼戏莲叶东,鱼戏莲叶西,鱼戏莲叶南,鱼戏莲叶北”(《江南》)的生动场景。而树林中,叽叽喳喳的小鸟,喧闹了一阵子以后,扑扇着翅膀飞走了,缤纷落英,在无声无息地飘零。这两句写近景,都是写的眼前所见之景。但前句写的是“质实”之景:游鱼嬉戏,清水涟漪,绿荷飘香——境中都有生命在活动,一派生机勃勃的景象;后句写的则是“空旷”之景:喧鸟飞去了,残红飘零了,没有声响,没有灵息——境中几乎什么也没有了,唯有一片空寂。

远景的描写,注重其浑沌、迷蒙的特质;近景的刻画,则注重其清新、明朗的特质。这样,一远一近,一浑沌而一清晰,暮春初夏的奇景异色,活脱脱地写照了出来。尤其是,透过这种对景物的细致入微的观察、欣赏和刻画,一位怡情山水、雅爱自然的诗人形象,呼之欲出了。自然山水的美,深深吸引了诗人,陶冶了诗人;此时此刻,他的那种悲戚意绪早已被美景排挤得无影无踪,他的那颗忧苦之心,终于在自然山水之中获得了慰藉,找到了归宿,心灵也随之得到了升华。所以,当他归来的时候,仍然沉湎于大自然的山水景色之中,由衷地发出了感慨:“不对芳春酒,还望青山郭。”芳春酒,即芳香的春酒、美酒。美酒的口舌之乐,焉能比得上自然山水的心性之乐、精神之乐?随着一句“还望青山郭”,视野又推远了,诗境又开阔了,它不仅袒露了诗人对于此次出游的无限流连,更标识着诗人精神境界的升华。青山绿水,永远是诗人的寄情所在。

胸有郁闷,必欲一抒之而后快,这是人之常情。但自来的排解方式——亦即“行乐”方式大不一样。汉末以后,人们都崇尚以酒排忧,纵酒行乐,比如曹操说“何以解忧,惟有杜康”(《短歌行》)。虽然左思说过“非必丝与竹,山水有清音”(《招隐》)的话,但刘宋以前,人们大都还没能把山水当作审美观照对象,还没能意识到它的疗救精神创伤的奇特功效。直到谢灵运,才真正懂得欣赏山水,从自然山水中去寻求精神的寄托。谢朓是继承谢灵运大量写山水诗的第一位大诗人,他的这首诗,深刻反映了自然山水审美价值的进一步发现和确立。从此,从荒山野林,到湖海河汉,从亘古大漠,到寥落荒原,都一一摄入诗人的心灵,迈进了诗的王国。所以,当诗人感到“戚戚苦无悰”的时候,便能很自觉地到自然山水中去追寻乐趣,排解苦闷。从这个意义上说,这诗在山水诗的早期历史上,具有重要意义,它既是优秀山水诗的代表作,是创作的典范,又是山水意识觉醒的标志,是理论的范本。

诗人以“无悰”之心游东田,同以淡雅之情观自然是大不一样的,他不能以静态坐观,而必须用身心去游览。这就决定了此诗的基本特色:在运动中写景。因而,诗人的主体位置总是在运动中变化,主观视角总是在运动中“扫描”,一幅幅浓淡相间的水墨山水画便随之历落出现:蜿蜒山间的台榭,随山就势的楼阁,鱼戏而新荷泛动,鸟散而余花殒落——远景,近景;静景,动景,鳞次栉比,络绎展现在我们眼前,富有立体感和动态感。可见,诗人的这支灵心秀笔,总是在卓突不停地跳动,或山巅或山坳,或树林,或池塘，显得极为活跃，极为轻灵。诗人的行迹踪影，也隐约闪现在诗笔的纵情跳突之中。这样，便把纪游、写景、抒情三者和谐地统一起来，不落痕迹，宛若天成，使全诗展现出一派生动自然、清丽秀美的风致。这是此诗最大的成功之处。后人每谓谢朓诗变有唐风，宜当由此参悟，方为得之。另外，此诗虽为古体，但写法上颇有新体的气象。诗中三处运用叠字，增强诗的形象性和音乐美，这与永明新体的精神是完全一致的。全诗对仗也十分考究，第四联“鱼戏新荷动，鸟散余花落”，写景清新自然，对仗精致工整，宛若天成，尤为后人所称道。明人胡应麟甚至认为它同晚唐诗歌的语言“相似”（《诗薮·外编》）。这一些，都可看作谢朓诗变有唐风的证据。

（吴小平）

春　思

原文

茹溪发春水，阢山起朝日。
兰色望已同，萍际转如一。
巢燕声上下，黄鸟弄俦匹。
边郊阻游衍，故人盈契阔。
梦寐借假簧，思归赖倚瑟。
幽念渐郁陶，山楹永为室。

鉴赏

诗题为“春思”，前六句写“春”，后六句写“思”。首联点明地点“茹溪”（即茹水，为澧水支流）、“阢山”（在楚地南部），交代季节为春天，时间是早晨。“发”字既暗示夜间春雨之盛，更与次句“起”字呼应，把诗题之“春”写活，使你感到，那东方升起的“朝日”格外地清新鲜丽可爱。次联“兰色望已同，萍际转如一”，承前联而来写水势之大和阢山之丽。“兰”，指阢山的春兰。“萍”，指茹溪水面的浮萍。读此两句，我们脑际便浮现这样一幅图景：那山上的丛丛兰花，在鲜丽朝日的映照下，显得光彩流动，整个阢山也似乎披上了春兰的色彩；那原先密密地布满水面的浮萍，在春水的推动下，渐渐地被挤向两岸，远远望去，宛如个“一”

字。这里以“茹溪”“春水”“阤山”“朝日”“兰”“萍”密集静态的景物,用“发”“起”“望”“转”四个动词联络贯通,表现雨后春日景象,山、水、萍、兰尽沐春晖,令人感到格外真切可爱。

下面“巢燕声上下,黄鸟弄俦匹”二句暗扣“春”字,越写越活。“巢燕”,刚会飞的新燕。“黄鸟”,即黄莺鸟。这两种鸟都是应春而至的候鸟。前句写耳闻,新燕在低空上下追逐飞鸣,会使你产生儿童嬉戏玩乐的联想。后句写目睹,黄莺雌雄逗趣交颈,又何尝不给人以夫妇和乐偎倚的想象。这两句写的耳边声、眼前景,而实隐含着“弄儿床前戏,看妇机中织”(鲍照《拟行路难》)的思归故里、恋念亲人之意。

前六句写春景,而不见赏景之人,只是赏心悦目之事,但读者自能意想到:诗人正是景中人。

下六句,诗人触景生“思”,抒发对“故人”故乡的思念之情。“边郊阻游衍,故人盈契阔”。“边郊”,边远的郊野,即指首联的“茹溪”“阤山”。“盈”,长久。“契阔”,偏义复词,即阔别。诗人离家时久,远在边郊,旅游艰难,与故人长时不见,时临春日,思念尤深。最后四句,诗人连用了三个典故,“梦寐借假簧”,引用汉代刘向《九叹·惜贤》“愿假簧以舒忧兮。志纡郁其难释”句意,是说:即使在梦中,我也是忧思不已,只有拿来簧管吹了几句乐曲,排解一下,才能安然入睡。“思归赖倚瑟”引自《史记·张释之传》,汉文帝指着“新丰道”对慎夫人说：这是通向你故乡邯郸的路。慎夫人拿起瑟来弹奏，文帝也和着唱歌，“意惨凄悲怀”。诗人引此史事是说：自己欲归故国家乡而不得，只有弹瑟唱歌聊抒忧怀。末句“山楹永为室”，化用了汉代严忌《哀时命》“孰魁摧之可久兮，愿退身而穷处。凿山楹而为室兮，下被衣于水渚”之意。“幽念”二句是说：我的忧愁愈积愈深，唯愿早早退出官场，隐居山林，洁身自好，以永天年。诗人把自己隐忍而难于启齿直说的心底话，借古人古事古语来委婉曲折地透露于笔端，让读者能读其诗而会其意，览其表而知其里。其忧惧怀归之情，终于溢于言外了。

全诗前文写景、后文写情。景中隐情，为情而设。极写茹溪、阰山景色，正为说明：此处景色虽确实美好，然而这里不是我的故土，再好也不足以使我稍留。一篇关键，正在“山楹永为室”一句上。

（殷海国）

怀故人

原文

芳洲有杜若，可以赠佳期。
望望忽超远，何由见所思？
我行未千里，山川已间之。
离居方岁月，故人不在兹。
清风动帘夜，孤月照窗时。
安得同携手，酌酒赋新诗。

鉴赏

这诗是写身在远地思念朋友，由芳洲杜若起兴。“芳洲有杜若，可以赠佳期。”“杜若”，一种香草，古人常采集来赠送亲爱者以表达感情。作者看到芳洲上的杜若，对友人的思念油然而生，想到要采集一束在会面的时候送给他。采的是香草，面对的是芳洲，想的是佳期，这把思念之情衬托得十分美好。

“望望忽超远，何由见所思？”“忽”，渺茫的样子。“超远”，遥远。他盼望着会面，但一望渺茫，见不到朋友。“望望”的重叠，“何由”的自问，见出其心情的迫切。“我行未千里，山川已间之。”这两句意思说，我外出并不是很远，而山川已阻隔了我们。这里是怨山川。应当说“未千里”虽不是很遥远但也并不算近，山川间之自是固然，这里的怨并无道理，但就是这种无理之怨才表达了心情的真实，大凡人们愁闷无以开解时，总会出现这种情态。

“离居方岁月，故人不在兹。”“岁月”这里当指正月，正如“岁朝”指新年第一天一样。这两句是说，我离居在这里正是春天来临之时，而故人却不在这里。这表现了一种遗憾的心情。为什么遗憾呢？春天芳华无人共赏。采杜若无由赠送。这回应了前面所写。下面更提炼了两种情境以表现这种遗憾：“清风动帘夜，孤月照窗时。”这好比电影中的“空镜头”，映现了他的心境：习习清风，朗朗月色，在这美好时光离居，倍叫人感到欠缺；而风动帘影、孤月临窗，更是撩拨人的心绪。

“安得同携手，酌酒赋新诗。”这写他的想望，用“安得”（怎么能够）点出：携手共处、酌酒、赋诗，才能满足此时的心愿。而这又是几件美好的情事，它们之间有递互补充的关系，内容很是丰富；若只满足前一件或前二件，还显得一般化，满足了第三件，这就符合了自己的身份，在他说来就是更高的乐事了，“诗”前加个“新”字，似有这种意味在。由最后两句看，此诗的“怀故人”，或许就是“竟陵八友”中的诗友。自皇室内讧，竟陵王萧子良去世，当初的诗友一时星散，谢朓对他们的怀念每每形之于篇咏。

方东树评此诗曰“一往清绮”（《昭昧詹言》），大概是说它情景写得好，表达又显得流利自然。诗从新春佳景起兴，款款道出怀念之情，每个句子都是那么顺妥而富于情意。后面以清风月夜作结，美好的怀想在清丽的夜色映衬下，格外显得动人。后面四句对典型情境的概括是有创造性的，每为后人仿效，杜甫的《春日忆李白》后四句就是："渭北春天树，江东日暮云。何时一樽酒，重与细论文。"还有一点须指出，此诗前幅多次化用《楚辞》及别的描写恋情的语句。（此诗化用《楚辞》及别的诗句依次是："采芳洲兮杜若，将以遗兮下女"〔《湘君》〕、"登白薠兮骋望，与佳期兮夕张"〔《湘夫人》〕、"平原忽兮路超远"〔《国殇》〕、"折芳馨兮遗所思"〔《山鬼》〕、"道里悠远，山川间之"〔《穆天子传》〕、"同心而离居，忧伤以终老"〔《古诗十九首》〕。）不考虑这种情况，读者自能披文入情，不妨碍欣赏；若知其底细，阅读时也许能多产生一些联想，多获得一些审美愉悦。用典如同己出，从诗法角度来说，也是值得称道的。

（汤华泉）

夜听伎

原文

琼闺钏响闻，瑶席芳尘满。
要取洛阳人，共命江南管。
情多舞态迟，意倾歌弄缓。
知君密见亲，寸心传玉腕。

鉴赏

这是一首描写妓女的诗。妓女在当时比较复杂，多数因出身穷苦，遇上天灾人祸，被卖入娼家；也有被诱拐而误入风尘，以歌舞娱客为生的。妓女的地位极其卑下，生活极其悲惨，她们整天整年歌舞卖笑，供社会名流、王孙公子寻欢作乐。她们很明白自己受到青睐是因为年轻有色相，日后年长色衰，必然是冷落无依，残生难了。因此，谋求跳出火坑，托身可信的男子，以期得到正常人的生活，是她们的人生理想。此诗写的正是这样的妓女。

开头“琼闺钏响闻，瑶席芳尘满”二句，先写“闺”和“钏”，诉诸读者的听觉；次写“席”和“尘”，诉诸读者的视觉。写闺、钏、席、尘，正是在写妓。闺为妓女所居，席为妓女所用，“琼”“瑶”，都是平常人所难具有的美玉，这里用以象征妓女居屋用物之华贵与美好，暗示其身价甚高，当为名妓。“钏”，为妓女首饰，因舞时碰击而有声；“尘”为妓女脂粉的香气，因舞蹈所震而发扬席上。由此而知妓女舞蹈情态之热烈。

前两句写妓女的身价和舞姿，是暗写。接下来“要取洛阳人，共命江南管”二句写歌唱，为明写。“要”，同“邀”。东晋开始，一些社会名流喜欢把鼻子捏起来用鼻音吟咏，谓之“洛生咏”。“洛阳人”，即“洛生”，这里实指当时社会名流。名妓“要”的自然是名流。“共”字，既表明“江南管”的南腔与“洛阳人”的北调的融洽和谐，又表明名妓歌唱、名流伴奏的情韵相通，更暗示名妓有托身名流、求与名流心心相印之意。

“情多舞态迟，意倾歌弄缓”二句紧承前四句，写妓的“情”和“意”。以舞传情，因情多而舞态更为舒展婀娜；以歌达意，因意浓而歌声更显悠扬缭绕。妓女以歌舞营生，舞态虽美而无情，歌喉虽甜而无意。此妓舞蹈非为卖弄舞姿，而在传情；歌弄非为卖唱，而在达意。传情达意是她舞蹈唱歌的目的，可见此妓今日刻意所求。最后把她“情多”“意倾”所求内容明白晓畅地说了出来：“知君密见亲，寸心传玉腕。”“君”，指“洛阳人”。诗中表达的是：因我与君不但相知，而且亲密。我今把“玉腕”伸予君，并非任性而为，而是传递了我对君的这一片真心。这里，她更直接地吐露了她托身良人的心愿。后二句为一篇要旨，前六句实为最后二句铺垫。写妓女居屋、首饰、物用的华贵，正反衬出她不满自身社会地位低下的心理。写她舞态的多姿，歌声的悠扬、情多意倾，正反衬出她内心的自卑、愁苦与哀怨。

全诗八句，读后，一名华艳多情、能歌善舞的妓女形象呼之欲出。在语言上，前六句均为对仗，享人以整齐美。用词含蓄工稳，感情沉厚，用优美富丽的语言，写出了妓女隐藏在心底的痛苦感情。

（殷海国）

京路夜发

原文

扰扰整夜装[1]，肃肃戒徂两[2]。
晓星正寥落，晨光复泱漭[3]。
犹沾余露团，稍见朝霞上。
故乡邈已敻[4]，山川修且广。
文奏方盈前，怀人去心赏。
敕躬每跼蹐[5]，瞻恩唯震荡。
行矣倦路长，无由税归鞅。

注

① 扰扰：纷乱不堪貌。
② 肃肃：疾速貌。《诗经・召南・小星》："肃肃宵征，夙夜在公。"徂(cú)两：行车。徂：往，到。两，同"辆"，指车。
③ 泱漭：昏暗不明的样子。
④ 敻(xiòng)：远。
⑤ 跼(jú)蹐(jí)：小心戒惧貌。

鉴赏

永明十一年(493)秋天，谢朓在荆州随王府遭谗还都，在京城建康(今江苏南京)写下了《暂使下都夜发新林至京邑寄西府同僚》等诗，建武二年(495)出为宣城太守。这诗就是离开京都赴宣城太守任上时所作。"京路"，表明诗人开始离开都城,还在京郊的路上跋涉。“夜发”则点明了诗人出发的时间。诗人别出心裁,选择夜间出发,似颇有难言之隐。他要尽快离开这繁华之地,急急然不待天明,连夜整理行装,急备车马,匆匆踏上“京路”,黯然离去。“戒徂两”,即准备行车。“扰扰”“肃肃”二词描状他整装夜发的情景,纷乱,匆忙,颇有几分凄惶、寒怆之意。由此,更兼写到诗人心神缭乱、意绪仓惶的精神状态。表面上行色匆匆,是为表,实际上心绪零乱,是为里——一表一里,全从“扰扰”“肃肃”的形容描状中传达出来。明写形状,暗传心曲,笔法巧妙而蕴藉。首联写的是“夜发”。

接下来六句,写“京路”上所见夜景。诗人仰望天空,但见晓星寥落,稀稀疏疏点缀在夜色迷蒙之中;黎明曙色,若明若暗,已在邈远的东方悄然浮动。这幅景色,凄清,旷寂,寒意逼人,但毕竟透露出些微清新的气息。因为,诗人整装出发,忙了一夜,刚刚踏上征程,目光一下子投入无限邈远深邃的夜空,心胸顿时为之一阔,情绪毕竟还是有些兴奋的。从尔虞我诈险象环生的恶劣环境中摆脱出来,高悬于头顶上的尚方宝剑终于轻轻地放下来了,那么,此行当然还是有如释重负之感的。这种情绪杂糅着“夜发”时的仓皇之意,微妙而复杂,全都融化在这幅大的黎明曙光的描写之中了。他踏着秋夜的露水,迈着沉重的步子,走着,走着,渐渐地,看见一轮朝日,冉冉升起,壮丽的河山,又一次展现在诗人眼前。一种难以言状的激动猛然袭上心头，可爱的故乡渐渐远我而去了，啊，山高路远，秋水茫茫，我什么时候才能回到故乡的怀抱呢？

前八句是写行旅和途中所见景色，章法缜严细密，层次络绎分明，客观时间的推移和主观情感的衍变，全都一一迭现出来。首联“扰扰整夜装”，一个“夜”字，与题目中“夜发”相呼应，把时间起点交代清楚。二联则已见晓星寥落，晨光迷离，黎明曙色隐隐若现，说明诗人已踏上“京路”，匆匆出发了，暗中关照到题目中的“京路”。这就从时间推移中暗写出行旅进程。三联则转换笔法，写路途虽犹沾霜湿露，却已约略可见冉冉朝霞了。一“犹”一“稍”，虚词实意，把时间迁移过程细致地描写出来。这就从行旅进程中反写出时间进程，恰与二联的笔法相反。着笔细腻而精致，平芜中出见奇崛。至第四联，天已大亮，诗人视野明晰而开阔，山川形势，江河湍流，尽收眼底。这里，诗人巧妙地把山川景物融进了故乡之恋的描写之中。而“故乡邈已夐”一句，不曰我离故乡，反说故乡离我，仿佛是故乡遗弃了自己，这就把被外放的委屈心情惟妙惟肖地传达出来。运笔曲折，平中寓奇。至此，一条清晰的行旅时程表昭然可见了，行程：从都城到京郊，由近至远；时间：黑夜，黎明，旭日东升，由暗趋明。而颇堪玩味的是，在全诗基色由暗趋明的过程中，暗寓了诗人情绪由明转暗的衍变过程。晨光微曦，曙色吐明，静谧的景色把诗人纷乱的情绪淡化、平静下来，但，艰难跋涉，渐见其远的故乡山川的逝去，又使他的心情陷入了故乡的思念之中。能见度愈高，景色见得愈多，悠悠乡思便愈加浓郁，心境反而愈加深沉。这就在寻常描写之中，隐约迭现出了景趋豁亮而情入黯淡的反向逆差，显示出诗人写景抒情的出神入化的艺术功力。

最后六句抒怀，便是承着这隐约迷离的黯淡之情愫，渐次展开的。从时态上看，“文奏”联约言现在时。刚刚埋头于各类文牍公务，旋即已踏上“京路”，远去他乡，亲朋好友，率皆离我而去了，一种强烈的孤独感、怅惘意绪袭上心头。“敕躬”联约言过去时。“敕躬”“瞻恩”都是委婉措辞，犹言效命皇上，为官朝廷。每念及过去，诗人深感仕途踽踽蹭蹬，宦海举步维艰，故尔常有朝不保夕的“震荡”之虑。“行矣”联约言将来时。无论是眼前的行旅之路，还是未来的宦海之途，浩渺迷茫，风云莫测，所以，诗人深深地倦怠了。税，通脱，释解的意思；鞅，套在马颈（或马腹）上的皮带。诗人把自己看作一匹套上缰绳奔波不息的马，终日蹄踏在漫漫修远的道路上，何时才能有归宿？何处才能是归宿？这里，诗人没有按照一般时态“过去——现在——将来”的正常秩序平铺直叙，而是因着特定情境中细微感情的生发，拈出“过去”与“将来”的中间链“现在”，从容写起。这样，从“现在”的困顿、落泊“释放”开去，便自然忆起过去的“每踽踏”“唯震荡”，对未来前途充满疑虑，对宦海生涯的升沉不定，充满倦怠之意。所以，这是以感情的触发为枢纽，重新调整时空次序，使之依沿着感情的波澜起伏，而络绎奔赴笔底,从而显示出诗笔善于变化、摇曳多姿的生气来。

此诗结构上前半写景、后半抒情的特征十分明显。前半写景之中,依稀隐约出诗人情感的脉络,使人在景色观照之际,领略到凄凉、苍茫之感。后半虽直抒胸臆,但仍寓于写事纪行之中,只是一依情感的起伏而纲举目张,才体现出较强的抒情意味来。所以,这诗的主旋律是婉转低沉的,诗人表现出了极大的克制,尽量使一腔愤懑不平之情不直接暴露出来,或者少泄露一点,而在表面上表现出平和冲远的面貌来。这样做的理由很简单。诗人遭谗畏讥,友朋零落,焉得再落言筌,再遭不幸?由此,便可以体会到诗人写作此诗时深重的心态和复杂的感情。

(吴小平)

晚登三山还望京邑

原文

灞涘望长安①，河阳视京县。
白日丽飞甍②，参差皆可见。
余霞散成绮，澄江静如练。
喧鸟覆春洲，杂英满芳甸③。
去矣方滞淫④，怀哉罢欢宴。
佳期怅何许，泪下如流霰⑤。
有情知望乡，谁能鬒不变⑥？

注

① 涘(sì)：河岸，水边。
② 甍(méng)：屋脊。
③ 甸：郊野。
④ 滞淫：停留。
⑤ 霰：雪珠。《楚辞·九章·哀郢》："涕淫淫其若霰。"
⑥ 鬒(zhěn)：黑发。

鉴赏

万籁俱寂的秋夜，月光如水，白露垂珠，大江宛如一条银练静卧在空蒙的夜色中。金陵城(今南京)西楼上，徘徊着一个诗人的身影，静谧的夜空中传来了他那寂寞的低吟："月下沉吟久不归，古来相接眼中稀。解道澄江静如练,令人长忆谢玄晖。”(李白《金陵城西楼月下吟》)这是李白在吟哦南齐诗人谢朓的名句。眼前的美景使他深深领悟了“澄江静如练”的意境,追忆前贤,这位大诗人不禁发出了古来知音难遇的长叹。然而此时的李白应未想到,由于他的叹赏,谢朓这句诗却在后世得到了无数的知音。

《晚登三山还望京邑》是一首五言古诗,抒写诗人登上三山时遥望京城和大江美景引起的思乡之情。

这首诗应作于齐明帝建武二年(495),谢朓出为宣城太守时。在这次出守途中,他还做了一首题为《之宣城郡出新林浦向板桥》的古诗,据《水经注》记载,江水经三山,从板桥浦流出,可见三山当是谢朓从京城建康到宣城的必经之地。三山因上有三峰、南北相接而得名,位于建康西南长江南岸,附近有渡口,离建康不远,相当于从灞桥到长安的距离。此诗开头借用王粲《七哀诗》“南登霸陵岸,回首望长安”的意思,形容他沿江而上、傍晚时登上江岸的三山回望建康的情景,十分贴切。“河阳视京县”一句从字面上看似乎与上句语意重复,其实不然。这儿借用潘岳《河阳县诗》“引领望京室”句暗示自己此去宣城为郡守,遥望京邑建康,正如西晋的潘岳在河阳为县令,遥望京城洛阳一样。王粲的《七哀诗》作于汉末董卓被杀,李傕、郭汜大乱长安之时,他在灞涘回望长安,所抒发的不仅是眷恋长安的乡情,更有向往明王贤伯、重建清平之治的愿望。谢朓这次出守之前,建康一年之内换了三个皇帝,也正处在政治动荡不安的局面之中。因此首二句既交代出离京的原因和路程，又借典故含蓄地抒写了诗人对京邑眷恋不舍的心情，以及对时势的隐忧。

首二句领起望乡之意，以下六句写景，六句写情。诗人扣住题意，选取富有特征性的景物，将登临所见层次清楚地概括在六句诗里。远远望去，皇宫和贵族第宅飞耸的屋檐高低不齐，在日光照射下清晰可见。只“白日丽飞甍，参差皆可见”两句，便写尽满城的繁华景象和京都的壮丽气派。此处“白日”指傍晚的日光。“丽”字本有“附着”“明丽”两个意思，这里兼取二义，描绘出飞甍在落日中愈加显得明丽辉煌的情景，可以见出谢朓炼字的功夫。“参差”二字既写京城宫殿楼阙的密集，又使整个画面显得错落有致。“皆可见”三字则暗中传达出诗人神情的专注：既然全城飞甍都历历可见，那么从中辨认自己的旧居当也是一般登高望乡之人的常情吧？所以这两句虽是写景，却隐含着一个凝目远眺的抒情主人公的形象。

诗人没有点明在山上流连凝望的时间有多久，但从“白日”变为“余霞”的景色转换中自然就显示出时辰的推移过程。“余霞散成绮，澄江静如练”二句，描写白日西沉，灿烂的余霞铺满天空，犹如一匹散开的锦缎，清澄的大江伸向远方，仿佛一条明净的白绸。这一对比喻不仅色彩对比绚丽悦目，而且“绮”“练”这两个喻象给人以静止柔软的直觉感受，也与黄昏时平静柔和的情调十分和谐。“静”字一作

“净”,亦佳。明人谢榛曾批评“澄”“净”二字意思重复,想改成“秋江净如练”。另一位诗论家王世贞不以为然,认为江澄之后才谈得上净。清代诗人王士禛也讥讽谢榛说:“何因点窜‘澄江练’? 笑杀谈诗谢茂秦!”(《论诗绝句》)其实,如果没有谢榛窜改,这“澄”字的好处还真容易被人忽视。唯其江水澄清,“净”(或“静”)字才有着落,才能与白练的比喻相得益彰。同时,“澄”净的江水还能唤起天上云霞与水中倒影相互辉映的联想。李白在《金陵城西楼月下吟》中引用“澄江静如练”以形容大江沉浸在月光之中的清空透明之感,“澄”字就更有点睛意义。可见“静如练”这一比喻是因为有了“澄”字的衬托,才成功地表现出大江宁静澄澈的境界。“静”与“净”相比,“静”字写境更为传神。唐代徐凝曾用白练来比喻瀑布:“千古长如白练飞,一条界破青山色。”被王世贞讥为“恶境界”,原因就在用静态的白练来形容飞泻的水瀑,反将活景写呆了。这个例子可以帮助我们从反面体味“静如练”的好处。如果将谢朓这两句诗与谢灵运的“云日相辉映,空水共澄鲜”(《登江中孤屿》)相比较,可以看出谢朓在景物描写上的飞跃。谢灵运以直叙的手法来说明水天辉映、空明澄澈的景象,意思较实。而谢朓则能够利用恰当的比喻进行形容,使水天相映的景象不但有鲜明悦目的色彩,并能融进主人公对景物情调的感受,表达更为空灵。

如果说“余霞”两句是用大笔晕染江天的景色,那么“喧鸟覆春洲,杂英满芳甸”两句则是以细笔点染江洲的佳趣。喧闹的归鸟盖满了江中的小岛,各色野花开遍了芬芳的郊野。群鸟的喧嚷越发衬出傍晚江面的宁静,遍地繁花恰似与满天落霞争美斗艳。鸟儿尚知归来,而人却离乡远去,何况故乡正满目春色如画,怎不教人流连难舍?无怪诗人叹息:“去矣方滞淫,怀哉罢欢宴。”这两句巧用此处字义可作两解的特点,既抒发了将要久客在外的离愁和对旧日欢宴生活的怀念,又写出了诗人已去而复又半途迟留、因怀乡而罢却欢宴的情态。“去矣”“怀哉”用虚词对仗,造成散文式的感叹语气,增强了声情摇曳的节奏感。

至此登临之意已经写尽,往下似乎无可再写。但诗人却巧妙地跳过一步,由眼前对京城的依恋之情,想到此去之后还乡遥遥无期,泪珠像雪糁般散落在胸前,感情便再起一层波澜。“有情知望乡,谁能鬒不变”则又由自己的离乡之苦,推及一般人的思乡之情:人生有情,终知望乡。长此以往,谁能担保黑发不会变白呢?结尾虽写远忧,而实与开头呼应,仍然归到还望的本意,而诗人的情绪也在抒发人生感慨之时跌落到最低点。

这首诗写景色调绚烂纷繁、满目彩绘,写情单纯柔和,轻清温婉。诗人将京邑的黄昏写得如此明丽美好,毫无苍凉暗淡之感,固然是为了渲染他对故乡的热爱,但也与诗中所表现的游宦怀乡之情并无深永的感伤意味有关。全诗结构完整对称,而给人印象最深的则是“余霞散成绮,澄江静如练”两句。这种情景分咏、名句往往突出于一篇之中的现象是宋齐山水诗还处于早期阶段的共同特点，也与谢朓诗存在着钟嵘所说“篇末多踬”的毛病有关。谢朓山水诗仍然沿袭谢灵运前半篇写景、后半篇抒情的程式。由于思想感情贫乏，没有远大的理想和志趣，后半篇的抒情大多缺乏健举的风力，加之又“专用赋体”，直陈其意，不像写景那样凝练形象，更觉意弱而文散。本篇结尾情绪柔弱消沉，便与前面所写的壮丽开阔的景色稍觉不称。但尽管如此，他在景物剪裁方面的功力，以及诗风的清丽和情韵的自然，却标志着山水诗在艺术上的成熟，对唐人有很大的影响。所以李白每逢胜景，常“恨不携谢朓惊人诗来”(《云仙杂记》)，“解道澄江静如练”只是这类佳话中的一例而已。

(葛晓音)

高斋视事

原文

余雪映青山，寒雾开白日。
暧暧江村见，离离海树出。
披衣就清盥，凭轩方秉笔。
列俎归单味，连驾止容膝。
空为大国忧，纷诡谅非一。
安得扫蓬径，销吾愁与疾。

鉴赏

齐明帝建武二年（495），谢朓离开京城建康去宣城（今属安徽）任太守。这是他在宣城任职时，抒写自己抱病工作的一首诗。"高斋"，办公大屋。"视事"，办公。

诗一开头先用一联倒装句："余雪映青山，寒雾开白日。"按自然规律应先是"寒雾开白日"，然后才能看到"余雪映青山"。如果寒雾漫天，白日未开，那就看不到余雪，更看不到青山了。把句子这样一倒，一方面是为了把"日"和下文的"出""笔""膝""一""疾"，同押仄声韵。同时，余雪与青山相映，显得清冷秀丽，对比鲜明。把这样的句子提前在一开头，能使读者一下子为其旖旎景色所惊诧，而非卒读不可。我们倘是进一步细味，这二句还另有含义，前句是写景,实也写季节的更迭。雪已是残“余”,而山已发出“青”色,这就是说:残冬即将过去,春色已在眼前。后句更以景写时,“白日”不是从东边冉冉升起,而是从“寒雾”中渐渐“开”出。不言自明,时光已非早晨,更非黎明,而已是日高三竿了。这为下文写诗人懒散设下伏笔。

“暧暧江村见,离离海树出”二句紧承上句,因寒雾渐开,白日已出,故江边的村庄和树木也油然展现在诗人的视野。“暧暧”,光线暗淡的样子。“见”,通“现”。“离离”,树木稠密的样子。“海”,实为宽阔的江面。“余雪”“青山”“寒雾”“白日”“江村”“海树”,这一幅一幅自成意境的风景画,景象优美宁静而淡远。又以“映”“开”“见”“出”四字,分别加以勾连,点染其间,使图画更增色生辉,让读者感到:这画中景物,于残冬岁尽,已破寒待出,正萌发着春日的生机。

上面四句写野外的远景,接下来四句,诗人把笔转向自我,写身边琐事。“披衣就清盥,凭轩方秉笔。列俎归单味,连驾止容膝。”“轩”,窗户。“秉笔”,执笔,此指批阅公文。“俎”,用来盛鱼肉祭品的器具。“列俎”句是说:面前摆着许多佳肴,我只吃其中一样。“驾”,指构造宫室的木材。这里“连驾”,指一间接着一间的高大房屋。“容膝”,指仅能容纳双膝的小屋。这四句,一句写一个生活片断,从诗人起身披衣盥水,到窗下捉笔办公,到用膳,最后又回到自己的居室。自篇首读到这里,我们有理由作这样的猜想：此春春寒料峭，寒雾弥漫。本已愁绪满怀的诗人，这天更觉无精打采。早晨，他斜倚床头，懒得动弹。后见雾开日出，窗外景物现出了诱人的魅力，于是又精神稍振，这才起身下床盥洗，然后走近窗前，凭窗远眺郊野胜景，再就窗边桌旁坐下，办了一回公，午膳时间已到，餐桌上摆满了佳肴，他很乏味，尝了几口，便走回他的卧室去了。

读了以上这八句，人们自然会产生这样一个悬念：诗人是爱好自然风光、追求功名利禄的。而今，他身为宣城一郡太守，宣城自然景色如此宜人。在生活方面，住的是"连驾"大屋，吃的是"列俎"佳肴，他实在该踌躇满志，趾高气扬，心旷神怡了。然而，他不是这样。自然景物萌发生机，而他却精神萎靡；给他居"连驾"大屋，他却说，我居小屋一间就满足了；给他吃"列俎"佳肴，他说：我只需吃其中一只菜就足够了。总之，他不以有这优裕的生活环境为幸、为乐、为荣，却反以之为累、为苦、为怨，这到底是为什么呢？

后四句由叙写生活转为抒发情怀。读后，前有的悬念当可不解而自明。"空为大国忧，纷诡谅非一。""纷"，混乱。"诡"，欺诈。"谅"，料想。"非一"，不能一致，即不能治理。这二句大意是说：我徒然为多难的国家担忧，因为这官场既混乱，又充满欺诈，料想是无法把它治好的。原来，他对这优美的环境和优裕的生活之所以厌烦，乃因为，这官场看似生活优裕，而实为险恶危途。南朝时期，特别是谢朓生活年代，上层统治集团内部杀夺相沿不绝。谢朓为避祸而离开京都来此宣城，但畏祸之心仍不能已。由此可知，"纷诡谅非一"一句确非无病呻吟之虚语。故最后提出"安得扫蓬径，销吾愁与疾"的愿望来。诗人一生胆小谨慎，没有官时求官当，当了官时又怕受累，而想弃官归隐。此刻他虽已离开朝廷，但官场的纷乱欺诈仍是紧缠着他，对此他既"忧"又"愁"，以致成"疾"。因此，要想"销吾"这"忧""愁与疾"，只有放弃这荣华富贵的官，而去归隐山林了。"蓬径"，蓬草屋门前的小路。"扫蓬径"，即归隐。"安得"二字含意深沉，做官而荣华富贵，这是诗人向所梦寐以求的，可是今日官为一郡之长，他却又梦寐以求罢官，并且是欲罢不能。可以见出这官场之纷乱欺诈是人何以堪了。

全诗十二句，分写景、叙事、抒情三个层次。写景，景中见意；叙事，事中含情。字里行间流露了诗人忧谗畏讥，抑郁寡欢，既欲摆脱而又难以摆脱的无可奈何之情。

（殷海国）

郡内高斋闲望答吕法曹

原文

结构何迢遰[①]，旷望极高深。
窗中列远岫，庭际俯乔林。
日出众鸟散，山暝孤猿吟。
已有池上酌，复此风中琴。
非君美无度，孰为劳寸心。
惠而能好我，问以瑶华音[②]。
若遗金门步，见就玉山岑[③]。

注

① 迢遰(dì)：同"迢递"。高貌。
② 问：馈赠。
③ 见就：犹相就。

鉴赏

这诗作于宣城太守任内。"郡"就是宣城郡。诗人高斋闲坐，极目旷望，思入遥深，写下了这首答友人诗。前六句写"高斋"结宇宏伟，构架高深，且处地高远，视野开阔。胜日闲坐，室外好景美不胜收。但见窗外峰峦叠嶂，崔巍迤逦而去；庭际乔木深林，纷纭舒卷而来。这里，一个"列"，一个"俯"，用得精心得意，把静止的山峦、矗立的乔木，写得风云挥霍，气象宏达，使它们闪现出飞动之状，带有主动性的色彩。仿佛不是诗人目接神往"窗中""庭际"的山川景色，而是这些景物主动扑入诗人的襟怀、扑入诗人的眼帘一样。这就不仅将静景写动写活，更重要的是沟通了"物"与"我"的关系，把客体之景物与观照客观景物之主体诗人联为一体，使诗的气氛顿时活跃闪动起来。"日出众鸟散，山暝孤猿吟"是名句。旭日东升，众鸟飞散；山色幽暝，孤猿长吟。造语率真自然，不假雕饰，把大自然的迢遥幽邃、溟蒙深广的境界，逼真写照出来。尤其是，通过景色的描绘，一位怡情山水、乐而忘返的诗人形象，澹然欲现了。接下来六句即写诗人的高情雅志。池上小酌，风中聆琴，友朋相伴，其乐融融。最后，诗人倾吐了高洁的情怀。金门，即金马门，汉代征士待诏之处；玉山，传说中西王母所居之山。诗人表示，如果仕途不得意，他将高蹈遗世，乘风凭虚而去，流露了超尘出世之想。

谢朓身陷仕途，心往山林，欲随心适意又不忍遂弃身外之物，而欲全身守禄却又不甘违心背志之苦，身、心二者不可得兼，所以，他总是陷在这两极的中间，前瞻后顾，左右徘徊，始终找不到一条两全其美的路。他的很大一部分山水诗，往往就是这一心态的折射和反映。这就造成了谢朓山水诗的特殊的抒情模式：从仕途蹭蹬、公务冗繁的心绪缭乱，到山灵水秀、风清月明的赏心悦目，再到寄身高远的林壑之思、云羽之想。在现实的山水自然之美与幻造的理想自由之区的杂糅混合的境界中,寻获心灵上的短暂喘息和些微安慰。像《游东田》《落日怅望》等诗就是这一抒情模式的典型代表。但这诗的情况却有些特殊。诗人始而荆州遭谗,次而迁新安王中军记室;建武二年(495),春天刚刚转为中书郎,夏天又出为宣城太守了。宦海沉浮,几经折腾,已使他逐渐醒悟过来,能以比较超脱的态度对待仕途的穷达。所以,在宣城太守任上,他心情相对平静,常常寄情山水,写出不少山水好诗。写作此诗的情况就是这样。诗人本来就已澄心澈虑,虚静求雅,"闲望"二字,正昭示了他此刻悠闲而又从容的心态。请看"已有池上酌,复此风中琴",多么雅逸的情趣,多么洒脱的风度!因此,第一,他对山水景物的观赏愈加细致,体会愈加深刻,描写也愈加精彩。二、三联的绘景佳句,脱口而出,从中折射出诗人对山水境界的悉心领悟,反映了诗人寄意遥深的审美追求,一种深邃的澹淡的意境宛然若现。所谓秉锦心而得秀口,美景佳句才能纷纭而至。第二,他的思绪飞腾得更远更虚了,以至像"若遗金门步,见就玉山岑"这样的高蹈遗世之想都蹦跶出来。那么,这到底是体现了诗人生活理想的进一步升华,还是意味着政治理想的破灭以及随之而来的躲闪、回避?个中玄奥很值得玩味。然而无论如何,这种情形的出现,都标志着诗人审美理想的深化和抒情模式的开拓,标志着诗人已从外景观赏转向内心冥求了。

(吴小平)

奉和竟陵王同沈右率过刘先生墓[①]

原文

嘉树因枝条[②]，琢玉良可宝[③]。
若人陵曲台[④]，垂帷茂渊道[⑤]。
善诱宗学原[⑥]，鸣钟霁幽抱[⑦]。
仁焉徂宛洛，清徽夜何早[⑧]！
岁晚结松阴，平原乱秋草。
不有至言扬[⑨]，终滞西山老[⑩]。

注

① 竟陵王：萧子良（460—494），字云英，南兰陵（治今江苏常州西北）人，齐武帝次子。武帝时历侍中、司徒、扬州刺史、中书监等。礼才好士，爱好文艺，于所居之西邸聚集诸多文人学士，著名者有沈约、谢朓等"竟陵八友"。郁林王萧昭业即位，深忌其名望，子良不久病死。沈右率：即沈约（441—513），字休文，谥隐，吴兴武康（今浙江德清）人。年少孤贫，好学不倦，以才识见称。齐时由征虏记室升太子家令，官至司徒左长史，与谢朓、萧衍等同游竟陵王门下。入梁，拥立梁武帝萧衍有功，为尚书仆射，封建昌县侯，迁尚书令，领太子少傅等。端谨内敛，勤于著述，擅诗赋，是齐梁文坛的领袖人物，与谢朓等创"永明体"，提出"四声八病"之说，著有《沈隐侯集》《四声谱》等。右率，即太子右卫率，东宫属官。刘先生：刘瓛（huán，434—489），字子珪，谥"贞简先生"，沛国相（今安徽濉溪西北）人。生性颖悟，笃志好学，博通经典，儒业冠于当时，京师士子贵游多从之受业，当世推为大儒。性谦率，自奉俭约，不乐仕进，竟陵王亲往拜见，上表武帝请求为之立馆，未及，瓛病卒。

② 嘉树：美好佳异之树。《楚辞·九章·橘颂》："后皇嘉树，橘徕

服兮。”

③ 琢玉：经过雕琢的玉器。《诗经·卫风·淇奥》：“有匪君子，如切如磋，如琢如磨。”

④ 若人：这个人。指刘瓛。陵：升，登。曲台：秦之故宫，汉时作天子射宫，又立为署，置太常博士弟子，为著记校书之处。《汉书·儒林传》：“（后）仓说《礼》数万言，号曰《后氏曲台记》。”颜师古注引服虔曰：“在曲台校书著记，因以为名。”后亦以指著书、校书。

⑤ 垂帷：放下室内悬挂的帷幕。借指专心读书或著书。束皙《读书赋》：“垂帷帐以隐几，被纨素而读书。”茂：同懋。劝勉。渊道：精深的道义。

⑥ 善诱：善于诱导。《论语·子罕》：“夫子循循然善诱人。”宗：尊奉。

⑦ 鸣钟：借指以义相教。《鬻子》曰：“昔大禹治天下，以五声听治。为铭于筍簴曰：教寡人以道者击鼓，教寡人以义者击钟，教寡人以事者振铎，语寡人以忧者击磬，语寡人以狱者挥鞀。”（《文选·王融〈永明九年策秀才文五首〉》李善注引）霁：雨停。比喻开通。幽抱：形容心内闭塞不畅。

⑧ 仁焉：指刘瓛。《论语·微子》：“孔子曰：‘殷有三仁焉。’”徂(cú)：同殂，死亡。宛洛：二古邑的并称。即今之南阳和洛阳。常借指名都。此指建康。清徽：美德清操。夜：比喻死亡。

⑨ 至言：极其高明的言论。《庄子·天地》：“是故高言不止于众人之心，至言不出，俗言胜也。”

⑩ 西山：指隐士所居。或指钟山西麓。

鉴赏

刘瓛是南齐时的一位大儒，东晋名士刘惔的六世孙，精通儒家典籍，长于经义而善谈玄理，品德高尚，勤于读书育人，萧子良、萧子隆兄弟都很尊敬他。萧子良向齐武帝请求为他开馆立学，但未及实行，刘瓛就病逝了。萧子隆写了一首《经刘瓛墓下》诗来哀悼他，萧子良也写了一首《登山望雷居士精舍同沈右卫过刘先生墓下作》诗，沈约、柳恽、虞炎、谢朓等都有奉和之作。谢朓作的就是此诗。

前六句都是对刘瓛的赞美之词。“嘉树”和“琢玉”用《楚辞》和《诗经》之辞比喻刘瓛品行高尚。刘瓛字子珪，名字皆美玉之属，比喻恰当。“若人”二句赞扬他好学不倦，勤于著述，能发扬渊深的儒道。刘瓛深研经学，著述颇多，《隋书·经籍志》载有他所著的《周易乾坤义》一卷、《周易系辞义疏》二卷、《周易四德例》一卷、《毛诗序义疏》一卷、《毛诗篇次义》一卷、《丧服经传义疏》一卷等。“善诱”二句说他善于教书育人，像孔子一样循循善诱，遵奉儒家学说的渊源主旨，以义教人，使人茅塞顿开。“仁焉”二句叹息刘瓛去世太早。“岁晚”二句写墓地景色。末两句说如果没有高明的言论为之发扬美名，也只能终老山中。这句可作两解：一是刘瓛若不勤于著述，教授子弟，又向当权者建言，可能只能滞留西山做个普通的隐士；二是以“至言”美称萧子良的原诗和对刘瓛的揄扬赞美，使后者能够流芳百世。

这首诗值得注意的是“岁晚结松阴，平原乱秋草”两句。当时墓门前多植松柏，秋暮时分松阴苍结，平原上乱草丛生，令人顿生凄婉之情。谢朓的文学天性常使他在墓志铭一类的应用文字中也摇心动情，生发感慨，如《齐海陵王墓铭》：“风摇草色，日照松光，春秋非我，晚夜何长！”海陵王萧昭文是被萧鸾废杀的皇帝，刘瓛是世人景仰的饱学宿儒，二者有天壤之别，但诗人感叹他们死亡的时候感情类似，哀悼的仿佛只是死亡本身，而与其身份地位、德行功业都无关。南朝时士人的生死观和感情观，由此可略窥一斑。魏晋以来知识分子经过种种辩论，普遍认为人是有情之物，感情对常人来说是很重要的，无法用道德或理智消除，“圣人忘情，最下不及于情。然则情之所钟，正在我辈。”（《晋书·王衍传》）情的自觉性和文学自觉性是分不开的，文学越来越注重情感的表达。情莫大于生死，面对生死，无论死者善恶贤愚、高低贵贱，都难免引起人们本能的情感流露。参看其他人的同题诗，比如萧子隆：“升堂子不谬，问道余未穷。如何辞白日，千载隔音通。山门一已绝，长夜缅难终。初松切暮鸟，新杨摧晓风。榛关向芜密，泉途转销空。”除首句推崇刘瓛的才德之外，余下都在反复伤悼死亡的一去不返、千载长绝。萧子良感性较少，大部分笔墨都在赞扬刘瓛的学术成就，但最后以“尔叹牛山悲，我悼惊川逝”结尾，引用孔子“逝者如斯夫，不舍昼夜”之句，透露出生命脆弱、年岁易往的感叹。沈约、柳恽、虞炎等人的诗中也有类似之句。生死之动情，随着文学和人性的发展，总是越来越明显和深刻的。

（孔燕妮）

离　夜

原文

玉绳隐高树①，斜汉耿层台②。
离堂华烛尽③，别幌清琴哀④。
翻潮尚知限⑤，客思眇难裁⑥。
山川不可梦，况及故人杯。

注

① 玉绳：星名。泛指群星。《文选·张衡〈西京赋〉》："上飞闼而仰眺，正睹瑶光与玉绳。" 李善注引《春秋元命苞》："玉衡北两星为玉绳。"
② 斜汉：指银河倾斜。耿：照耀。
③ 离堂：饯别之堂。
④ 别幌：饯别之帷幕。与"离堂"意义互见。
⑤ "翻潮"句：潮水翻涌尚有限制。传说江潮至柴桑（今江西九江西南）而尽。《文选·郭璞〈江赋〉》："鼓洪涛于赤岸，沦余波乎柴桑。" 李善注曰："《广雅》曰：'沦，没也。'余波，涛之余波也。言涛之余波至柴桑而尽也。"
⑥ 眇（miǎo）：同渺。辽远。裁：量度。

鉴赏

永明八年（490），随王萧子隆任镇西将军、荆州刺史，次年赴镇，谢朓作为随王文学，跟从随王赴西府荆州（今湖北江陵）任职。在离京赴荆前夕，时值春夜，沈约、范云、王融、萧琛等西邸文人集团成员为谢朓举行了一次饯别宴会。这可称得上是一次大型的文学集会，众人纷纷写诗赠别，沈约、范云、王融、萧琛、虞炎、刘绘有《饯谢文学》，江孝嗣和王常侍有《离夜》诗，谢朓作《离夜》与《和别沈右率诸君》以答。《离夜》除了是一首别离诗佳作之外，也是研究南朝文学集团活动的重要史料。其结构成熟整饬，景物开阔，风格宏雅，前半融情于景，后半直接抒情，以对偶句为主，押平声韵，音律谐和，声情并茂，韵味悠长。

首二句写远景，点明离别的时间与地点，北斗星已然隐没于高树之下，银河斜挂，照耀着层层楼台。玉绳隐没，斜汉低垂，写出时间之流逝，别筵之久长。层台、高树，不仅写出别地之清幽高远，更暗含着悲哀之意。“高台多悲风”“高树来悲风”，高处本就易生悲凉之感，更何况时间如此之久呢？二句景中含情，烘托出离别的气氛与情绪。

三、四句写近景，从室外转向室内。离别的厅堂上华美的蜡烛已经燃尽，清越的琴声也含着哀愁。上句末写“层台”，此处接以“离堂”，景物描写推进有序。诗人选取“华烛”与“清琴”代表室内之景，一从视觉，一从听觉。写华烛尽，一是因为蜡烛燃尽，所以可见星光之明，用倒翻之法补足前句的“斜汉耿层台”；二是因为人的听觉在暗中更敏锐，凸显下句的琴音；三是因为蜡烛燃尽，意味着别筵将散，别离的悲伤再也无法克制，更觉琴声之凄清。写“清琴哀”，一是琴声在高处更悠扬，“宴私移烛饮，游赏藉琴台”（《奉和随王殿下》其七），前既写层台，此写清琴，有开阔之感；二可见气氛之寂静忧伤，离别的话语都已说尽，淡淡星光中，只余琴声清冷；三是琴为心声，动于中而发于外，悲感不言自明。主客之间再深情不舍，别筵的时间再长，终究到了尽头，离别的悲伤眷恋反映在琴声里，自然逼出一个“哀”字。“玉绳”“斜汉”“高树”“层台”“离堂”“别幌”“华烛”“清琴”，诗人用各种意象构造出凄清忧伤的离别情境，最后用一个“哀”字将前四句层层铺垫的情绪点明，水到渠成。

五、六句从“哀”字出发，直接抒情，“翻潮尚知限，客思眇难裁”，将离思和潮水作对比，翻涌的潮水尚有边限，而我的愁思邈远茫茫，根本无法量度。从建康去荆州走水路，王常侍《离夜》：“当轩已凝念，况乃清江湄。”因此以江水写愁思非常自然，谢朓这样的诗句颇多，著名如“大江流日夜，客心悲未央”（《暂使下都夜发新林至京邑赠西府同僚》）。不同在于后者是兴，直接由景生情，前者是比，因情而设景。此外用翻潮作对比还有一层意思，就是潮水有信，总有归来的时候，而我此去归期难定，愁思比翻腾的潮水更加深广。谢朓虽然有时候说“谁能久京洛，缁尘染素衣”（《酬王晋安》），仿佛厌倦京城，但大半出自对政治风波的畏惧，他内心是很舍不得建康的，王融在饯别诗中想象他：“翻情结远旆，洒泪与烟波。”允为知心。

末两句抒情更进一步，从别后入笔，“山川不可梦”有两层意思：一是山川阻隔，“远道不可思”；二是担心做梦也难以梦到家乡的山川，更何况能和故人杯酒言欢？梦中当然能还乡，只是梦总非真，“寐中长路近，觉后大江违。惊起空叹息，恍惚神魂飞”（鲍照《梦归乡》）。于是诗人极言“不可梦”，用夸张之语写出思念之剧。这场别筵除了送别之外，也是一次重要的文学聚会，众人诗中情深意重之佳句不一而足，王融：“所知共歌笑，谁忍别笑歌！”“春江夜明月，还望情如何。”王常侍：“怀人忽千里，谁缓鬓徂丝。”尤其是沈约的“以我径寸心，从君千里外”，更是被包括李白在内的历代诗家模仿化用。谢朓《离夜》诗结句归到“故人杯”，强调故人的深情厚谊令人难舍难分，酬答友人，完足题意，使诗歌整体更显醇厚浑成。诗的后半部分，诗人在词句和意象选择上和前半保持一致，“翻潮”“山川”都是开阔之景，和“玉绳”“斜汉”“高树”“层台”同类，气势高远辽阔，使得离别之情虽然惆怅悲哀，但并不逼仄局促，反而有宏放雍容之感，可见诗人在情景结合上的技巧。

谢朓认为“好诗圆美流转如弹丸”（《南史·王筠传》），所谓“圆美流转”，除了声律和谐，音调悦耳，词句清绮，自然秀丽而不雕琢生涩之外，还包含着对诗歌结构上完整性和有机性的要求。这首《离夜》很能反映出谢朓的诗歌特征：出语自然，平仄和谐，对仗工整，意象间联系紧密，且有意识地通过意象来塑造意境，情景转换自然流畅，情绪的激发和递进很有层次，既真挚率诚又含蓄悠长，表现出高超的抒情技巧，篇幅虽短而结构圆满，确实“圆美流转如弹丸”。陈子昂有一篇《春夜别友人》诗：“银烛吐青烟，金樽对绮筵。离堂思琴瑟,别路绕山川。明月隐高树,长河没晓天。悠悠洛阳道,此会在何年。”在篇章句法和用词上明显能看出谢朓《离夜》的影响。

（孔燕妮）

和江丞北戍琅邪城

原文

春城丽白日，阿阁跨层楼。
苍江忽渺渺，驱马复悠悠。
京洛多尘雾，淮济未安流。
岂不思抚剑？惜哉无轻舟。
夫君良自勉，岁暮勿淹留。

鉴赏

“江丞”，即江孝嗣。“丞”，官名，是正职官的辅佐。他是谢朓的同僚，当时带兵驻守在琅邪城（此非秦汉设置在山东的郡所，而是东晋侨置的琅邪郡，当时治所在白下，即今南京北），因苦于驻地生活，思念故乡亲人，写了一首《北戍琅邪城》诗赠谢朓。内容是：“驱马一连翩，日下情不息。芳树似佳人，惆怅余何极。薄暮苦羁愁，终朝伤旅食。丈夫许人世，安得顾心臆。按剑勿复言，谁能耕与织。”江诗语意愁苦。故谢朓写了这首诗以勉励江孝嗣。

诗人从自己由建康跨马出郊春游写起。“春城丽白日，阿阁跨层楼”二句，把京城建康写得非常美丽。“丽”“跨”二字为点睛之笔。首句如只是“春城”“白日”二语，虽是写景，但总显得孤零无依，而且见不出其鲜明生动。春城也可能是风雨如晦;白日也可能是烈炎可畏。着一“丽”字,春城便明媚景象全出。而白日则更显得光彩绚烂可掬。“阿阁”,指檐宇屈曲翘起的楼阁。“层楼”,指多层高楼。中间着一“跨”字,便把两者写活,似觉阿阁与层楼彼此互欲超越而在争胜斗奇,景色既壮观,又活跃。这两句写静景,静中见动。

接下来“苍江忽渺渺,驱马复悠悠”二句写城外动景。建康位于长江东南岸,诗人跨马出城,走近江边,面对滚滚东流的苍茫江水,顿觉心潮起伏,忧思难收。“忽”,形容水流之急。“悠悠”,渺远的样子。急速东流的江水,既苍茫复渺渺,景色一片迷惘。实为下句写诗人马上忧思作陪衬,含蓄而具体地展现了诗人忧思之深沉而无限。至此,读者自然会问:诗人的忧思自何而来?又何来之多?

下面二句作答:一是“京洛多尘雾”,一是“淮济未安流”。洛阳为古代名都,此处借“京洛”指当时京都建康。这里的“尘雾”,并非实指空间的灰尘和雾气,而是暗指朝廷统治集团内部为争夺对皇权的控制所进行的殊死搏斗。古代一般以在朝廷做官为荣。江孝嗣苦于边境的戍守生涯,自然也羡慕朝官。诗人对此提出劝告道:建康虽是“春城丽白日,阿阁跨层楼”,看上去煞是美丽,其实乃是“尘雾”极多。处身其间不但宏图难展,而且吉凶不卜。“淮”水和“济”水,都在当时南朝的北部边境。江孝嗣戍守所在,正邻近济水。“淮济”流水“未安”,实喻边境战事不息。

边境未安，正是有志之士杀敌安边、报国立功的天赐良机。诗人自知自己位卑言微，无能廓清京洛尘雾，但有志于边境淮济的“安流”事业。

故紧接下来，笔锋顺势一转，抒写自己的抱负：“岂不思抚剑？惜哉无轻舟。”这二句是化自曹植《杂诗》其五：“江介多悲风，淮泗驰急流。愿欲一轻济，惜哉无方舟。”“轻舟”，指途径。这两句意思是说：当前国家多难，我岂不想脱离这“多尘雾”的京城，仗剑奔赴边境以杀敌立功报国啊！可惜我没有实现我志愿的途径啊！听来是诗人自抒怀抱，自叹报国无门，其实它的潜台词是说：你江孝嗣戍守边关，正驰骋疆场大显身手，杀敌立功报效祖国。如果我谢朓处在你江孝嗣的地位，我不但不会像你那样愁苦无状，而且会喜不自胜，不遗余力地去实现我的大志呢。

末二句笔意再转，直点江孝嗣。前面，诗人用了很大气力写了春城、楼阁、江流、忧思、尘雾、淮济，实际上就是为了说出“夫君良自勉，岁暮勿淹留”这二句，意思是，我们的英雄时期即将过去，不要延误良机了。

全诗十句，二句一个层次。由写景起，到以景抒情，到议论时政，到言志，最后劝勉。层层推进，委婉曲折，由隐而显。劝勉为一篇主旨。

（殷海国）

和徐都曹出新亭渚

原文

宛洛佳遨游，春色满皇州。
结轸青郊路[①]，回瞰苍江流。
日华川上动，风光草际浮。
桃李成蹊径，桑榆荫道周[②]。
东都已俶载[③]，言归望绿畴。

注

① 结轸：(zhěn)：停车。
② 道周：路旁。
③ 俶(chù)：始。载：事。指从事。《诗经・周颂・良耜》："畟畟良耜，俶载南亩。"后以"俶载"指农事开始。

鉴赏

李善的《文选》注说，这首诗谢朓本集原题作"和徐都曹勉昧旦出新渚"。徐勉，字修仁，是谢朓的朋友。昧旦，即黎明、拂晓，语出《诗经・郑风・女曰鸡鸣》："女曰鸡鸣，士曰昧旦。"可见时辰约略后于鸡鸣之时。新渚，即新亭渚。新亭为东吴时所建，在都城建康的郊外。很显然，这是一首纪游诗，原题扼要说明了此诗的创作缘起、具体时间和地点，为鉴赏提供了可靠依据。徐勉先成《昧旦出新亭渚》诗，谢朓此诗是和作。

这是一个春天的早晨，天才蒙蒙放亮，诗人就已来到城外新亭渚边。当他停车小憩，回望郊外黎明曙光，不禁怦然心动，被一片迷离春色深深吸引住了。因而发言为诗，一开始便充满了赞叹之情："宛洛佳遨游，春色满皇州！"宛洛，指宛县和洛阳。宛县是南阳郡治所在，汉时有"南都"之称。洛阳是东汉的都城。二地都是当时最繁华的都市，所以古人曾有"驱车策驽马，游戏宛与洛"（《古诗十九首·青青陵上柏》）的诗句。皇州，指都城建康。昧旦出游，天色尚昏，显然是看不到"春色满皇州"景色的，所以，诗人说京城春日胜景可与汉时繁华古都相媲美，显然是出于赞叹口吻，是一种心神向往。正是由于"宛洛佳遨游"的雅兴勃发和"春色满皇州"的神奇吸引，诗人才鸡鸣驱车、遨游郊外的。一语既出，闲情雅致，宛然可见。而在章法上，首联则是一种铺垫，暗中交代了出游的目的——娱情遣兴，没有目的的目的。所以，第二联一下子就跳跃到出游途中，大笔勾揽出一幅苍江曙色图。诗人停车东郊，回望长江，但见东方熹微，黎明曙光在长江上面轻抹了一层苍茫之色。"回瞰"二字最传神。诗人蓦然回首，苍茫江色猛然摄入胸怀，传达出一种豁然通亮的意蕴。所以，苍江曙色便以其特有的整体形象横亘在诗人眼前，以浑厚的内蕴感染了诗人。浩浩长江，滚滚东流，象征着勃郁而永恒的生命，使画面充满了雄浑和苍茫的色调。

第三联转入京郊晨景描绘。"回瞰"也许本是偶然的举动，可一下子被吸引住，便索性停车留步，悉心观赏京郊风光了。这个时候，一轮红日冉冉升起，万道霞光洒满江面，远远看去，江水滔滔，波光粼粼，仿佛阳光在水面上泛动着；而青青原草，沐浴着火红的朝霞，在晨光春色中迎风招展，充满着勃勃生机，所以延颈远眺，宛如春日风光浮现在青草绿叶之上一样，煞是可爱。这一联绘景，清鲜明丽，细腻新颖，最富魅力。阳光只有亮感、温感，绝无“动”感，但诗人别具匠心，通过江水泛动的反射，写出“日华”的“动”感来；至于“风光”，本为虚景，不可确指，诗人却通过春草这一具体物象将其准确捕捉住，惟妙惟肖地显现出来。所以“动”“浮”二字，措辞细腻传神，笔端流露了无限的赏爱之情。第四联写桃李成蹊，桑榆荫道，虽都有成语在先，但一经纳入诗人郊外游览的独特感受之中，便又觉新鲜可爱。第三联主要写山水自然景色，第四联则着重写农家田园风光。值得注意的是，二、三、四联虽都全力写景，但亦暗寓时间的变化。二联写苍江东流，尚处曙色微明之中；三联写“日华”“风光”，则初旭东升，不言自明；至四联，已是“桑榆荫道周”，桑榆树影，布满大道，显然已是红日高照，春满大地了。时间的流程非常明显。这样写来，不但使三联景象各具特色，在细小微妙的差别中显现出独特的面貌来；而且，还暗写出诗人驻足郊外、移时入神的形象，表现了流连春光、热爱自然的情怀。

末联结篇，神韵全在“言归望绿畴”一句上。饱览春光，流连春色，诗人似乎仍不满足，归途遥遥之中，仍不时把目光投向绵延无际的绿畴，洒向一片春色。游览行将结束，而目光仍在延伸，心情仍在流连。游览的结束，意味着诗境的进一步开拓，展示着诗情的进一步深化。正是这种景与情、物与心的反向逆差，使全诗呈现出篇结而意不绝、言有尽而情无穷的风貌，思情邈远，韵味无穷。

此诗剪裁布景甚见功力。谢朓并不像徐勉《昧旦出新亭渚》那样，逐一描写京郊出游的全部过程，而是集中笔力，或大笔涂染，或精工刻画，状写出京郊从东方初白到旭日东升的春日风光，清新悦目，迥不尤人。即景遣兴小诗而采用此法，最适当不过。由此见出谢朓善于取景化境的深厚修养。在写景方面，诗人完全沉浸到京郊春光的良辰美景之中，通篇不着一字抒怀，却在在闪现着无限向往、无限流连之情。使人们在观赏诗美的同时，感受到诗人的那一颗热爱自然的灵秀之心。全诗篇幅短小，对仗工稳，声律考究，显示了“永明体”的鲜明特征。

（吴小平）

和王中丞闻琴

原文

凉风吹月露，圆景动清阴。
蕙气入怀抱，闻君此夜琴。
萧瑟满林听，轻鸣响涧音。
无为澹容与，蹉跎江海心。

鉴赏

这是一首描写音乐的诗。王中丞，可能指王思远，曾为御史中丞，沈约有《应王中丞思远咏月》诗。琴音古雅清澹，在诸乐中俨然有高士林泉风致。这首闻琴诗，重点不在具体细致地描摹琴音，而是着意渲染“闻琴”的环境气氛，和诗人的主观感受。这是本篇构思的显著特点。

开头两句写凉夜景物。时届秋令，入夜凉风吹拂，枝头暗凝的露水滴沥有声，一轮圆月高悬中天，投下皎洁的清光。两句写秋夜凉风月露，着意渲染清凉感和宁静感。“吹”“动”两个动词，是描写动态的，却以动衬静，更显出了秋夜的静谧。也只有在这种宁静的环境中，才能听到月光下露水的轻微滴沥之声。这两句不仅写出对秋夜凉风月露的视觉、听觉与触觉感受，而且透出心理上的清润与宁静，这正是“闻琴”的适宜环境气氛与心理状态。

第三句进一步写到秋夜中弥漫的香气。蕙是香草，蕙气实即首句所谓凉风，此处不从触觉而从嗅觉感受着眼，故说“蕙气”。不说蕙气吹送芬芳，而说“入怀抱”，不仅把蕙气写得极有灵性与感情，仿佛知道诗人有听琴的雅兴，而多情地投入怀抱，而且写出了诗人那种愉悦感与陶醉感。古代有焚香鼓琴的习惯，这“蕙气入怀抱”正像是大自然布置的最佳“闻琴”环境气氛。

第四句方才正面点到本题：“闻君此夜琴。”由于前三句已经从不同角度将秋夜的清凉、静谧、芬芳描绘得极富诱惑力，有未闻琴而心先谐适、陶醉之感，因此这句只轻轻一点，就能使人对如此良夜闻琴产生美好的联想，达到以不写写之的效果。

五、六两句，正面写“闻琴”。全篇中写琴声的只有这两句，如一味着力刻画，反而难以尽致传神。诗人采取虚涵的笔法，着重传达琴声所给予自己的主观印象和它的神韵意境，说琴声如秋风之萧瑟，满林传遍其飒飒秋声；又如涧水轻鸣，发出淙淙作响的清韵。这里将摹声、造境与传神结合起来，不仅使人对琴声的萧瑟清雅有真切的感受，而且由此产生林泉幽胜的美好联想，写得极富画面美、音乐美和诗歌意境美。由“林”“涧”又自然逗出下文。

最后两句是“闻琴”引起的感慨，也是全篇的归结。琴声把人们带到一个远离尘嚣、充满林下风致、山水清音的境界，使人神远心驰，更增隐逸之想，因此告诫自己不要再容与迟延，以致耽误了归隐江海的时间，消磨了隐逸的意兴。

全诗境界，可用一“清”字概括。“闻琴”的客观环境气氛是清凉、清静，散发着蕙风清香的；琴声是如林风涧音，极富清韵的；所引起的又是清逸的隐居意兴。全篇便在这“清”的境界中达到和谐的统一。

在写法上，此诗与中唐描写音乐的名篇《琵琶行》《李凭箜篌引》《听颖师弹琴》等多从实处见工者不同，纯从虚处传神，即前面提到的着重烘托渲染环境气氛和传达主观印象感受，不作具体细致的刻画。这种写法，往往能给人以更多的联想。我们从孟浩然的“荷风送香气，竹露滴清响。欲取鸣琴弹，恨无知音赏”（《夏日南亭怀辛大》）中似乎可以看到这种写法的影响。

（刘学锴）

和宋记室省中

原文

落日飞鸟还，忧来不可极。
竹树澄远阴，云霞成异色。
怀归欲乘电，瞻言思解翼①。
清扬婉禁居，秘此文墨职②。
无叹阻琴尊，相从伊水侧。

注

① 乘电：驾驭光电，比喻迅捷。《汉书·王褒传》："追奔电，逐遗风，周流八极，万里一息。"解翼：犹言假翼。石崇《王明君辞》："愿假飞鸿翼，乘之以遐征。"
② 清扬：语出《诗经·郑风·野有蔓草》："有美一人，清扬婉兮。"比喻美才。秘：犹闭。

鉴赏

据唐代日本僧人遍照金刚（空海）说，他曾与诸学士讨论谢朓这首诗，"诠其秀句"。诸学士皆以二联"行树澄远阴，云霞成异色"为最；遍照金刚则以首联"落日飞鸟还，忧来不可极"为最。他说："夫夕望者，莫不鎔想烟霞，炼情林岫，然后畅其清调，发以绮词，俯行树之远阴，瞰云霞之异色"，这种水平，"中人以下"的诗人偶或亦可达到，不如"落日飞鸟还，忧来不可极"来得精妙绝伦。他的体会是，"谓扪心罕属，而举目增思，结意惟人，而缘情寄鸟，落日低照，即随望断，暮禽还集，则忧共飞来”，忍不住地赞叹：“美哉玄晖（谢朓字），何思之若是也！”于是诸学士咸皆推服称是。（以上均见遍照金刚《文镜秘府论·南卷》。引诗稍有异文，“飞鸟还”一作“飞鸟远”，“竹树”一作“行树”）现在姑且不论争论双方孰是孰非，他们围绕首二联“诠其秀句”，却是十分正确的。从全诗的结构来看，首二联为一层，主要是写景，景中融入浓郁的情；后三联为一层，则主要是畅怀摅思，发抒怀抱。而全诗的精魂正在首二联。首联写诗人披着落日余晖，目送暮鸟归飞，忧从中来，无穷无极。发语惊挺，造景宏阔，在苍茫阔大、杳渺幽深之中，隐隐透露出些许寥落沉沦之意。落日残阳，惨惨红色为全诗奠定了一个充满意蕴的基调。静止的炽热的色彩，逗引起诗人血脉中贯注着的无穷无极的忧思，随着斜阳西落，而渐渐升腾起来；而渐飞渐远的暮鸟，恰似一脉无形的导线，把诗人的愁怀牵引得越来越远，最终隐没天际，淡化在残阳的殷惨血色之中。因此，我以为首联的高妙之处，主要在于诗人把无可言喻的忧思融化在了残阳的殷殷血色的写照之中，使无影之情变有形之物呈有彩之色，直接诉诸读者的视觉形象，让读者从色彩的直观感受当中，体会到诗人那“不可极”的忧思。而“飞鸟”意象的引入，对于诗境的开掘尤具重要意义。随着“飞鸟”的渐飞渐远，淡没于一抹夕阳之中，不仅渐次拉开了诗境的广度并拓展了深度，把杳邈神思牵引得愈加悠远深长，使诗境呈现出深幽而广袤的韵致；同时还在那横亘于天地之间的惨红色彩之中贯注了时间的流程，使静止的画面勃郁着流动的血脉，将残阳一般的忧思（或曰忧思一般的残阳）的丰富而复杂的意蕴，极其直观地、极富弹性地表现了出来。所以，“落日”“飞鸟”，虽为寻常景象，但一经纳入诗人的心灵程序，灵心秀口粲然道出，便觉意蕴丰富，意味无穷。那一幅“落日飞鸟还”的图景，具有海涵地荷的容量，诗人的“忧来不可极”实已交织其中，蕴含其内，读者只需闭目沉思，口诵此句，便可恍然一睹诗人“扪心罕属而举目增思”那般忧思难极的形象。至于第二联“竹树澄远阴，云霞成异色”，则是诗人收视返听，从夕阳余晖中收回思绪，镇定心情以后，于平芜眺望到的景色。诗人写道，落日余晖之下，远方竹子和树木洒下了清澄的阴影，天边云霞也时时呈现出奇异的光色。此联写景确属佳联秀句，造景清远秀逸，对仗工整自然，流露了诗人无限的雅爱之情与向往之意，颇堪讽诵。难怪唐代诸学士都一致称赏。然从情、景角度分析，其力度，其内蕴，诚非首联所能比拟。所以，尽管我们在具体感受上与遍照金刚不完全相同，但结论却是一致的。首联确为一篇之精策。

下一层三联，紧扣“忧来不可极”，完全转入抒情。第三联先交代“忧”的内容，实乃“怀归”之情。“乘电”“解翼”，都是比喻归思心切，恨不得立时乘奔御电，假翼追风，回归到理想境界。值得注意的是，诗人这里的“怀归”，绝非身居京华，思归故里，而是一种人生理想——摒弃世间尘埃，返归山泉林壑，啸傲以长终——的抒发。末联“无叹阻琴尊，相从伊水侧”，即说明了这一点。他劝勉朋友不要叹息居住宫中，连琴酒之乐也不得遂意，表示将要尽快离开这里，一同到伊水之侧去归隐。那么，诗人的这种归隐思想是怎样滋生的呢？第四联即紧承“怀归”意绪作了交代。原来，诗人自富有清扬之才，不愿终日坐守一个小小的文墨之职，也就是说，他已厌薄了这“禁居”中的生活，官场险恶，仕途蹭蹬，既然徒有高才而无由施展，倒不如早早离开这是非之地，归隐山泉，徜徉自然，反可赢得心性的自由和解放。

此诗结构上前半写景、后半抒情的特征非常鲜明。这也是谢朓诗歌的一个比较显明的特征。但此诗由于未能将二者完美结合起来，所以前后之间的衔接略感生硬，意脉贯通稍欠圆润。尤其是后半部分造语不免有艰深之感，命意亦有重复之嫌。这就在一定程度上削弱了全诗的完美性，造成了有佳句而无完篇的缺憾。《文选》入选谢朓诗数十首，偏偏没选这一首，原因大概亦正在此。钟嵘曾评谢朓诗“一章之中，自有玉石，然奇章秀句，往往警遒”，“善自发诗端，而末篇多踬”（《诗品》卷中），以论此诗，可谓切中肯綮。谢朓与钟嵘在诗论上有较深的交往，钟嵘此言，堪称知友之言。

至于此诗的创作时间，宋记室为何人，已不可确考。不过从谢朓履历和此诗所反映的情绪来看，可能与《直中书省》一诗作于同时，即在建武二年(495)的春夏之交。诗题中的“省中”，当即指中书省，其时谢朓为中书郎，职掌帝王发布诏诰的事宜，恰与诗中“文墨职”相一致。此时已是谢朓创作的后期。一说“宋”为“宗”之讹，宗记室即宗夬，曾在荆州与谢朓等奉随王命“抄撰群书”。他在永明十一年(493)任东宫记室。东宫为禁中，亦称“省中”。而谢朓当时在荆州西府遭长史王秀之谗言，被召还都，从此他逐渐认清官场的险恶，产生了归隐思想，所以发而为诗，这一思想常有或真率或隐晦的流露，诗风亦变得深沉丰厚，秀丽中雅有凝重之韵。此诗即可作为一例。

（吴小平）

同王主簿《有所思》

原文

佳期期未归，望望下鸣机。
徘徊东陌上，月出行人稀。

鉴赏

王主簿为谢朓岳父王敬则第三子王季哲。他们常有诗歌往还，这首诗就是谢朓和王季哲《有所思》的。“同”，就是和的意思。

诗写一思妇夜织，怀念夫君，盼望他早日归来。她曾与夫君约好了“佳期”，定好了时辰。可是，佳期已过，思妇内心焦急，翘首盼望，急切地期待着夫君归来，却总是不见他的踪影。她的心头，不免袭上无形的惆怅。那可不同于“君问归期未有期”（李商隐《夜雨寄北》）那种濒于绝望的期待，那种心态毕竟是相对平静的——尽管是低沉的平静；这可是有“佳期”可盼的呀——惟其有了“佳期”，所以希望愈大，思念之情愈加浓郁，急不可耐；惟其有了“佳期”却又“期”而“未归”，热切的希望落了空，所以失望愈大，心情愈加沉痛。他，是旅途遭受了什么不幸，还是忘却了“佳期”，忘却了山盟海誓？她实在不忍想下去了。她把全副身心都埋没到剧烈的织布劳动之中，试图以此来排遣苦闷。但这不仅没能稍稍平息心中的烦恼，“唧唧复唧唧”的织布声音,反而更搅得她思绪纷杂,心情缭乱。于是,她干脆走下鸣机,迈出了乱哄哄的屋子。“望望”二字,一般解释为中心怨望,实际上,这里与其说是在直接刻画思妇的心理,不如说是在描绘思妇翘首盼望夫君的姿态、神态,而她怨望的心态,只是通过这种姿态神态,婉转地表现出来的。只有这样解释,才能体会到句中丰富的形象性,咀嚼到深厚的韵味。而且,循此亦可摸索到“徘徊东陌上”的意脉——否则,如果是从心态刻画忽然跳到动作描写,岂不显得突兀?而循此意脉,我们又仿佛可以看到,思妇在织机上频频遥望,终于失望以后,走下织机,迈出门户,仍然是一步一望,一望一步,来到郊外月色田野之中。荒漠的平原,沉寂的旷野,一下子统摄了她的身心,她的心情仿佛也变得平静了。宛如波涛汹涌的巨流,经过峡谷的激腾、击撞和喧嚣以后,汇入了一望无际的平湖,顿时显得汪洋恣肆、纡徐平缓了。在这宁静的世界,她兀自徘徊陌上,徜徉田间,直到月儿悄悄升起,行人渐渐隐去……这里,诗人已将灵动之笔从主人公心态的描绘中抽将出来,大笔绘画出一幅月下思妇沉吟图,烘托出一种清幽深远的境界,让人们从这幅寂静的图画和宁谧的气氛之中,从思妇的踯躅、徘徊之中,去体会她的心境,揣摩她的心情。无尽的思念,无穷的遐想,都融化在这清寂、空旷的境界之中了。

全诗语言清新自然,含蓄隽永。沈德潜评此诗“即景含情,怨在情外”(《古诗源》),可谓切中肯綮。另外,此诗已具有鲜明的格律化倾向。从声律结构形式分析,它属于“对式”绝句,即第一联与第二联各自成“对”,但相互不“粘”。这是“永明体”诗的一种特殊形式,反映了五言诗从古体向律体过渡的痕迹。谢朓是“永明体”的代表作家,从这一首小诗中,也可看到他在声律方面所做的努力。

（吴小平）

落日同何仪曹煦①

原文

参差复殿影②，氛氲绮罗杂③。
风入天渊池④，芰荷摇复合⑤。
远听雀声聚，回望树阴沓⑥。
一赏桂尊前⑦，宁伤蓬鬓飒⑧！

注

① 何煦：未详其人。仪曹：国子祭酒属官。齐高帝建元四年(482)置。谢朓另有《和何议曹郊游》二首。"何议曹"疑即何煦。议曹为郡守的属吏。"仪曹"可能为"议曹"之误。
② 复殿：重叠复沓的宫殿。
③ 氛氲：气盛貌。
④ 天渊池：在建康(今南京)的皇家宫苑华林园中。《建康志》："宋元嘉二十三年凿，一名天泉池。陈江总有《华林园天渊池铭》。今宫城后法宝寺西南荒池，尚有一亩，即天渊池也。"
⑤ 芰(jì)：菱。
⑥ 沓：合。
⑦ 桂尊：盛满桂酒之尊。或曰对酒器的美称。
⑧ 蓬鬓：鬓发蓬乱。《诗经·卫风·伯兮》："首如飞蓬。"飒：松乱貌。潘岳《秋兴赋》："斑鬓髟以承弁兮，素发飒以垂领。"

鉴赏

此诗是谢朓唱和同僚的作品，写的是落日时分的宫苑景色，以及诗人在这种景色中兴起的某种感伤。首句从广处入笔，写复殿飞檐参差不齐，和《晚登三山还望京邑》中

“白日丽飞甍,参差皆可见”类似。但后者是白昼景色,重重殿宇飞檐反射着明亮日光,辉煌壮丽历历可见,此处是暮景,所以见到的是“参差复殿影”。“影”字点出题目中“落日”,也写出宫殿之壮观,愈是重叠高耸,落日时分愈见其影。“氛氲绮罗杂”,黄昏时分,宫殿各处的香烟之气更加浓郁,出入的帷幕帐幄等皆为各种华贵的丝织品,光影杂驳。“杂”字呼应开头“参差”,可见宫苑之密丽。

三、四句写宫苑内天渊池之景,开阔疏朗。“风入天渊池,芰荷摇复合。”谢朓常通过水中植物来写风的动态,如《咏风》中“新萍合且离”。“芰荷摇复合”比“新萍合且离”动态感更强,“复”字写出风的连绵久长,吹得荷花聚而复散,散而复聚,从侧面也可见诗人观看的时间之久。风吹芰荷,自然也吹到宫殿和诗人自己,向前可吹绮罗之“杂”,向后可吹蓬鬓之“飒”,意象安排使诗歌具有内在的连贯性。

前四句主要写视觉,第五句“远听雀声聚”写听觉。雀声聚集表示天色已暮,宿鸟归飞入林。远远听到飞鸟群鸣,诗人的目光不由从天渊池转向鸟声来处,落日在林,“回望树阴沓”。日暮树阴自然合沓,但因为诗人一直在注视芰荷,此时被雀声惊动,忽然回望,便有一种惊异之感。王维的名句“白云回望合”(《终南山》),与此有相通之处。这种心理感觉常人皆有,但能恰如其分地表达出来,就是诗人的天赋了。谢朓的诗歌特色之一就是不作惊人语,但能状难言之景如在目前，何焯称之为“化艰为易，去重就轻，以其略浮词而取真色，所琢炼者在意象物情之间耳”。

落日归鸟，特别容易引起心灵敏感的诗人的愁思。谢朓在《和宋记室省中》中写：“落日飞鸟还，忧来不可极。”此诗中落日飞鸟同样引起诗人的忧伤。落日低照，回望将断，暮禽还集，忧思难遏，诗人便发出“一赏桂尊前，宁伤蓬鬓飒”的感叹。最好大家一起喝酒游赏，不要哀伤蓬鬓衰颜，说是宁伤，其实已伤。谢朓去世的时候才三十六岁，还不及衰老，但诗人对年华流逝总是特别敏感的。潘岳“三十有二，始见二毛”，谢朓二十多岁的时候就哀叹年华消逝，为自己的憔悴悲伤感叹，“清镜悲晓发。”(《冬绪羁怀示萧咨议虞田曹刘江二常侍》)因此即使没有其他忧思，眼前景色已足以使这位生性敏感的诗人发出“蓬鬓飒”的感慨。“蓬鬓飒”用字铿锵，意象鲜明，大大增加了末句的抒情效果。沈约称赞谢朓诗歌：“调与金石谐，思逐风云上。”(《怀旧诗》其二《伤谢朓》)可以理解为谢朓擅长用遣词造句催发情感，使诗歌具有高度的感发力。李白很喜欢谢朓，他的《古风》诗：“华鬓不耐秋，飒然成衰蓬。”《秋浦歌》：“两鬓入秋浦，一朝飒已衰。”都能看出谢诗的影响。

这首诗结构紧凑，写景如画，景中生情，富有感染力。比较晋代张华同写林苑景色兼致意友朋的《杂诗》：“逍遥游春宫，容与缘池阿。白苹齐素叶，朱草茂丹华。微风摇蘪若，层波动芰荷。荣彩曜中林，流馨入绮罗。王孙游不归,修路邈以遐。谁与玩遗芳,伫立独咨嗟。”两诗在词句、意象、结构上有相似之处,但谢诗的语言更为凝练,意境开阔,情与景的结合相对紧密,情感抒发也更有力,可见从西晋到南齐,比起追求佳词丽句,诗人们已经更注重情景结合和诗歌的感发性。

(孔燕妮)

新治北窗和何从事

原文

国小暇日多①，民淳纷务屏②。
辟牖期清旷③，开帘候风景。
泱泱日照溪，团团云去岭。
岧峣兰橑峻④，骈阗石路整⑤。
池北树如浮，竹外山犹影。
自来弥弦望⑥，及君临箕颍⑦。
清文蔚且咏，微言超已领。
不见城壕侧，思君朝夕顷。
回舟方在辰，何以慰延颈。

注

① 国：指宣城郡。古时王侯封邑和州郡治地皆可称“国”。
② 纷务：纷杂的事务。屏：排除，除去。
③ 辟牖（yǒu）：开窗。
④ 岧（tiáo）峣（yáo）：山高峻貌。兰橑（liáo）：以木兰为屋椽。
⑤ 骈阗（tián）：罗布，连属。
⑥ 弥：久。弦望：月中分为弦，月圆为望，借指时日、岁月。
⑦ 箕颍（yǐng）：相传尧时隐士许由住在“颍水之阳，箕山之下”。指隐者居处。此指宣城郡斋。

鉴赏

这是谢朓任宣城太守期间所作的大量郡斋诗中的一

首。当时郡斋中新修了北窗，这本是一件小事，但对谢朓来说，郡城以北的景色，不仅较别处更为壮丽，而且有着特殊的意义。宣城的地势中间高，四周低，他的郡斋就坐落在郡城正中的陵阳山主峰上，西北面是如屏风般展开的敬亭山，句溪、宛溪二水自南向北流去，青山碧水，相得益彰，能不令人感到欣慰？谢朓当初来宣城就任，应该是沿着句溪南下的。他的故乡，都城建康，就在宣城正北方。谢朓在他的郡斋诗中，多次描绘了北面的山水景象，有的表达了闲暇的“吏隐”之情，有的寄托了思念故乡的愁闷。这就是小小的一方“北窗”的意义。何从事是谢朓的属吏，当时正要离开郡署。临别之时，他作诗相赠，谢朓以此诗和之。

谢朓在这首诗中，将他作为地方官的“吏隐”之情与对下属的离别之情浑然相融。宣城在东晋、南朝时是近畿大郡，谢朓在其他诗歌中也称之为“大国”(《高斋视事》)，但当地山水与人家相间的景色，以及诗人心中乐山乐水的情怀，又使得这个郡城仿佛山村一般，人民也淳朴无争，他作为太守居住在城中的山丘上，公务闲暇，仿佛隐居于衡门茅屋中。就在这山巅的小天地中，他打开北窗，清秀、平远之景映入窗中，仿佛友人的到来。诗云“期”“候”，表达了对远近的山水、风光的相亲相近之情。

诗人对山水的感情，与对这位即将离开的朋友的感情交织在了一起。他朝窗外望去，双溪之水在阳光的照耀下闪烁着波光，显出一派壮阔之气，这不正是友人即将离去之路吗？朵朵白云自天边的敬亭山飘散而去，亦如同友人的离去。眼前的景致让诗人觉得自己所处的地方，不是一个郡城，而是尘外的仙境。而他的郡斋，本来就处于苍翠的山巅，又仿佛是仙人所居。通向这郡斋的，也不是轩车往来的大道，而只有石板小路，显得如此朴素。郡斋的周围是幽静的园林，其中有清澈的池塘，池塘的另一边，绿树好像浮在水面上；又有秀美的竹林，掩映着远处的青山。在这广阔的天宇下，光影、云气都充满了流动之势，却又有一种宁静而精致的美感。园林中的近景与山水远景也相映成趣，后世的造园者称之为“借景”。诗中所说的“风景”，即是在齐梁诗歌中被大量描写的光影、风云的情态，谢朓对这方面美感的发掘与营造尤其得力。他与友人在此任职，秀丽的山水使得他们的身份超越了官吏，近乎隐士高人；而他们的诗情、友情，又增添了山水的美丽。

何从事与其说是谢朓的下属，毋宁说是以文章相交的朋友。谢朓在宣城任职期间，常与何从事等属吏一起游览山水，联句为诗。诗人面对这一片世外之景，想起自己来宣城任职，与何从事共事已久，而如今对方即将离开郡署，去过真正的隐居生活，那么如此风景，将与谁共赏呢？对方临别赠诗，谢朓一边吟咏友人的清词丽句，一边细细体味着其中深远的情意，又沉浸在未来不能与友人共处的孤寂之中。他感到此处美好的风光若无人共赏，则会黯然失色，以后身处此地，仅仅是在狭小的城中郡斋中而已。友人的归舟即将启程，他望着北窗外的江水，脑海中又浮现出一幅画面：宽阔的江面上，孤舟远去，他久久延伫，不忍回首。

此诗虽仍采用了六朝五言诗常见的叙述、描写、抒情说理的三段式结构，但在整饬之中有起伏变化，而且通过想象离别后的情景来表达感情，含蓄而又真挚。诗歌除最后二联外，句句对偶，谢朓的这类诗歌，上承谢灵运，下开排律，如钟惺、谭元春《古诗归》所评："往往以排语写出妙思，康乐亦有之。然康乐排得可厌，却不失为古诗；玄晖排得不可厌，业已浸淫近体。"

（冯坚培）

咏落梅

原文

新叶初冉冉，初蕊新霏霏。
逢君后园宴，相随巧笑归。
亲劳君玉指，摘以赠南威。
用持插云髻，翡翠比光辉。
日暮长零落，君恩不可追。

鉴赏

谢朓这首吟咏落梅的诗作，寄托了深沉的政治感慨，这对于只求形似的六朝一般咏物诗来说，是一大发展。诗的写作时间难于确定，但从诗中所寄托的感慨，我们还是可以推知其大致的写作年代。诗之结尾“日暮长零落，君恩不可追”，其意近似《暂使下都夜发新林至京邑赠西府同僚》诗中所谓“常恐鹰隼击，时菊委严霜”，均表现出政治上的忧虑感，可能是同期所作。

南齐永明八年(490)，谢朓改任随王(萧子隆)镇西功曹，后转为随王文学，次年荆州刺史随王“亲府州事”，谢朓也跟随到荆州(今属湖北)。在江陵，他介入皇室内部的矛盾斗争，被卷进政治旋涡，所以忧心忡忡，惶惶不安。这首咏物诗，当是表现这种不安的心情。

“新叶初冉冉，初蕊新霏霏”，起首两句便暗寓忧惧的心理。“冉冉”，是柔弱下垂的样子，说梅花的嫩叶还很柔弱，意指自己在政治上并不是强有力的；“霏霏”，纷纷飘落的样子，梅花的新蕊随风飘落，暗寓自己政治地位的不稳。明写落梅，暗写政治。

从“逢君后园宴”至“翡翠比光辉”，这六句以美人自拟，写他同随王的亲密关系。意思说他的美才可比战国晋文公时的美女南威之貌；参与随王后园宴会，又如《诗经·卫风》所写“硕人”之“巧笑”，相随而归；又说随王亲手摘下梅花赠送给他，他便像古美人把花插到发髻上，其光彩胜过翡翠美玉。这段话表达了他受到随王宠幸的感激之情。

“日暮长零落，君恩不可追”，结尾两句语气一转，由乐转忧，以梅花之落，喻指君恩之衰。忧君恩之衰的心理，是由介入皇室内部矛盾斗争所产生的危惧心理引发出来的，与担心“时菊委严霜”同义。这末两句，从篇幅来说，只是全诗的五分之一，然而从中心思想而言，却是全诗的主干与核心。也可以说，担心斗争失败，反而招来杀身之祸，这才是他借咏落梅委婉地向随王吐露出来的真情。

咏物诗至六朝而自成一格，宫体诗中之咏物已极尽图貌写形之能事，其所追求者在于形似。与山水诗至谢朓手中由客观之描写转而介入主观之抒情一样，咏物诗至谢朓手中亦一变，由求其形似，转而求其寄托。谢朓之咏物诗既有与时代相通的善于写物图形的特性，又汲取了《诗》

《骚》以来比兴的传统，在客观的物象之中寄托主观的旨意。这首《咏落梅》诗便是如此。传统的所谓“香草”“美人”的比兴，这里都用上了。诗中既以“落梅”（香草）自拟，又以“南威”（美人）自拟，其所比拟均在似与不似之间，即所谓不即不离，不粘不脱者也。这一艺术境界成了唐宋咏物诗词的最高准则。可以说，这首诗的艺术，正标志谢朓在咏物诗方面的杰出贡献。

（林东海）

游东堂咏桐

原文

孤桐北窗外，高枝百尺余。
叶生既婀娜[①]，叶落更扶疏[②]。
无华复无实，何以赠离居[③]？
裁为圭与瑞，足可命参墟[④]。

注

① 婀娜：轻盈柔美貌。曹植《洛神赋》："华容婀娜，令我忘餐。"

② 扶疏：形容枝叶高低疏密有致。

③ 离居：指离居之人。《九歌·大司命》："折疏麻兮瑶华，将以遗兮离居。"

④ "裁为"两句：用周成王桐叶封弟的典故。《史记·晋世家》："成王与叔虞戏，削桐叶为珪以与叔虞，曰：'以此封若。'史佚因请择日立叔虞。成王曰：'吾与之戏耳。'史佚曰：'天子无戏言。言则史书之，礼成之，乐歌之。'于是遂封叔虞于唐。"圭：同珪。古代帝王或诸侯举行典礼时所执的一种玉器，上圆下方。瑞：圭璧璋琮等玉器的统称。参墟：参星的分野。对应晋国。《左传·昭公元年》："当武王邑姜方震大叔，梦帝谓己：'余命而子曰虞，将与之唐，属诸参，而蕃育其子孙。'及生，有文在其手曰'虞'，遂以命之。及成王灭唐而封大叔焉，故参为晋星。"

鉴赏

这是一首咏物诗，咏的是梧桐。咏物诗的关键在于体物细腻而不粘滞于物，能具比兴之义，有物外之旨。谢朓的咏物诗大多写于早年盘桓西邸时期，文字精工，描摹入细，在结尾寄寓一些兴怀感喟，典型如《咏蒲》："离离水上蒲，结水散为珠。间厕秋菡萏，出入春凫雏。初萌实雕俎，暮蕊杂椒涂。所悲塘上曲，遂铄黄金躯。"用词精美，音调铿锵，结尾用甄后《塘上行》"众口铄黄金，使君生别离"之句，感叹君恩不固。又如《咏风》："徘徊发红萼，葳蕤动绿葹。垂杨低复举，新萍合且离。步檐行袖靡，当户思衿披。高响飘歌吹，相思子未知。时拂孤鸾镜，星鬓视参差。"由物及人，由景及情，刻画出一种"心悦君兮君不知"的情境，清丽绮靡之中又带有老而不遇的感伤，颇具深窈悱恻之致。

总的来说，谢朓的咏物诗精致整饬，与现实所涉不多，但这首《游东堂咏桐》和《咏蒲》《咏风》等有所不同，自然朴素，不事雕琢，以散句为主。首句"孤桐北窗外，高枝百尺余"，点出梧桐的特点：孤立、高大。三、四句"叶生既婀娜，叶落更扶疏"，"叶"字双见，强调诗眼是桐叶而不是其他。五、六句用"无华复无实"再次强调桐叶。桐叶初生的时候婀娜多姿，将落的时候疏密有致，高大的梧桐没有花也没有果实，能拿来赠人的当然只有桐叶。六句将桐叶铺垫到位，末尾用耳熟能详的周成王桐叶封弟的典故，指出桐叶可以用来封同姓之亲，强藩屏之固。沈约也有一首类似的《咏梧桐》诗："秋还遽已落，春晓犹未荑。微叶虽可贱，一剪或成珪。"也许和谢诗是同咏之作，也许受其影响。

也许因为《游东堂咏桐》风格素朴，似含微妙的言外之旨，吴汝纶追索其义，认为这首诗“殆为明帝之剪除宗室而发”。永明十一年(493)齐武帝萧赜死后，萧鸾辅政，次年在一年之内废了两个皇帝，篡位登基，把萧道成与萧赜的子孙几乎杀尽。这场政治风波中，竟陵文学集团的核心人物竟陵王萧子良忧惧而死，随王萧子隆也被杀害，其他人或死或散，各奔东西。谢朓因为文采出众、出身高贵，受到萧鸾的青睐和重用，谢朓一方面感激萧鸾，另一方面又不能不为萧子隆等的死亡感到悲伤和恐惧。这首《游东堂咏桐》和谢朓一般的咏物诗不同，不以体物入微、精雕细琢为意，全诗重点集中在桐圭封宗室这一古典上，吴汝纶认为其中蕴含了谢朓对萧鸾屠戮宗室的不满，某种程度上也有道理。周王室以宗室为屏障，一定程度上巩固了权力。萧鸾大肆屠戮宗室，他死后短短四年，南齐就灭亡了。

可相类比的有一首《同谢谘议咏铜雀台》诗：“繐帷飘井幹，樽酒若平生。郁郁西陵树，讵闻歌吹声？芳襟染泪迹，婵媛空复情。玉座犹寂漠，况乃妾身轻！”表面只是咏古，但若结合齐武帝死后政局剧变，新皇帝萧昭业刻薄荒淫，如当年曹丕霸占曹操的姬妾一样强占其父的宫人妃嫔，谢朓的故人文友风流云散种种世事，那么这首诗的意蕴就更加丰富而微妙，可以说是在借古讽今，谢朓的复杂心绪——感慨、同情、悲凉、痛切、讥讽，无数言外之意寄寓其中。

（孔燕妮）

蒲生行

原文

蒲生广湖边，托身洪波侧。
春露惠我泽，秋霜缛我色。
根叶从风浪，常恐不永植。
摄生各有命，岂云智与力。
安得游云上，与尔同羽翼。

鉴赏

这是一首用乐府题写的咏物诗。诗所咏之蒲，为生长在我国南方水边的草本植物，叶扁长而尖，可用来编扇织席。

全诗共十句。前六句写蒲的身世。“蒲生广湖边，托身洪波侧。”二句写蒲的出生地——“广湖边”“洪波侧”。其湖因水广故波浪洪大。在这样的大水大浪中生长出来，是多么艰险啊！所以，蒲对它的出生地毫无感情，它从不把它的出生地看作是它可爱的家乡、安身立命之所，而只苟求借此“托身”而已。确是心中无限伤心苦，尽在“托身”一语中。“春露惠我泽，秋霜缛我色”，写蒲的成长。前句写蒙恩，后句写受祸。春露的降临，它也分享到一点恩惠，展现了自己的活力。但这恩惠稍驻即逝。秋日一到，可怕的严霜，把那表现自己生命的翠色一扫而尽，使之变得憔悴黄萎。它的生机已被摧残殆尽。但是，这还不是它苦难的终结。更有那无情的狂风恶浪，乘蒲之危，把蒲连根带叶从水下拔起，使之悬空，漂泊沉浮，无从着落。“根叶从风浪，常恐不永植。”环境的险恶，生命的垂危，并未使它产生了此残生之念，而还是顽强地要活下去。“常恐不永植”，正是为了争取“永植”下去。这为末二句暗设伏笔。

古人对社会上出现和存在的不合理现象，无法克服、无法解释时，就认为这是由不可捉摸的命运所决定的。南朝诗人鲍照也说：“人生亦有命，安能行叹复坐愁”（《拟行路难》）。蒲为了自己的生存，为了改善自身的生活环境，也曾尽过自己的“智”和“力”，但它得到的报答总是那样的不合理，不公平。于是它只好承认：“摄生各有命，岂云智与力。”“摄生”在此是生活的意思。“各”与末句“尔”相呼应，提示了这不合理、不公平现象的另一方面，即与苦难生涯相反的一方。

末二句“安得游云上，与尔同羽翼”，从宿命中突兀振起，提出了自己的理想：希望能与不受风浪冲击、不受冰霜摧残、能自由翱翔长空的“尔”——飞鸟一起，无忧无愁地共享这大自然的乐趣。它既认为，身世的幸与不幸，是由命运所操纵的，同时，它又不甘心听任命运的摆布，而要摆脱这不幸命运对它的残害，与幸运者共享快乐。然而，这毕竟是理想，是希望，而眼下的现实是正“常恐不永植”呢。

人生的理想与希望,其情况与结果是多样的。一般地说,想要锦上添花,最有可能实现;等待雪中送炭,已是相当困难;企望在绝境中出现奇迹,差不多只是梦想了。这种注定失望的希望,最为令人痛惋。“安得”二句所提,正是这最后一种希望。

此诗乍读时,觉得字字句句在咏蒲,细味后,便觉字字句句在写人。关于咏物诗,古人有体物之妙说。所谓体物之妙,就是咏物诗要不即不离,不离于物,又不太粘着物上。《蒲生行》可算得是“体物之妙”的佳作了。

(殷海国)

别王丞僧孺

原文

首夏实清和，余春满郊甸。
花树杂为锦，月池皎如练。
如何当此时，别离言与宴。
留襟已郁纡，行舟亦遥衍。
非君不见思，所悲思不见。

鉴赏

王僧孺是诗人的好友。齐武帝永明十一年(493)，王僧孺"补晋安(治今福建福州)郡丞"，春末夏初，离京赴任。这时谢朓尚未从荆州奉诏回京，可能为遥作。

诗是写离别之情的。古人恨别，写诗往往是"春色恼人""鸟愁花泪"，以景见情。然而这首诗开头四句却见不出半点离情别绪，而是用如虹彩笔描写季节气候如何宜人，城郊景色如何明丽。"余春""首夏"，即为春末夏初，既无初春的寒意料峭，淫雨连绵，又无盛夏的烈日可畏，炎热难当，是一年四季中最佳时期。首句写身体对气候的感觉：是夏日而"实清和"；次句"余春满郊甸"，由感觉过渡到视觉，写景。"余春"，"郊甸"，前为季节，后是城郊，两者都见不出出色的景致，不能给读者有春色如画的美感。唯句中着一“满”字，遂点铁成金，使“余春”“郊甸”陡增生机，使读者顿觉无限春光浮现脑际。这句仅对城郊景色略作点染，下面两句写景便引人入胜了。“花树杂为锦，月池皎如练。”仰观树端，绿叶繁花交错相映，犹如鲜艳的彩锦，一片斑斓绚丽；俯视月池，水天相映，池水宛如洁白的丝绸，满目玉洁冰清。读者正为这胜景迷恋陶醉之际，诗人猛然彩笔一转，自我提问道：“如何当此时，别离言与宴。”怎么在这样美好的时刻，谈论分别并设宴饯行呢？如此一问，使读者如从仙境一下子坠入了冰窟。深情的友人，即使各在一方，每遇佳期胜景，也还“越陌度阡”，以求相聚共赏哩。诗人与王僧孺情同手足，今逢如此良辰美景，正宜尽情欢聚赏悦，不想竟要分别远行，这是何等伤情啊！于是便觉前四句写景无不染有别离之情的色彩：那宜人的气候，明媚的春色，皎洁的月池，不仅象征着他们二人情谊的融洽、深厚、纯洁，而且更反衬出他们的分别是多么地悖情违理甚至是残酷的。以盛赞风景之美来反衬别离之苦，景愈美，则愈显示别离之苦之深。

“留襟已郁纡，行舟亦遥衍。”“留襟”，留者的襟怀。“郁纡”，郁结沉闷。“遥衍”，越去越远。前句写诗人内心的愁苦，后句写王僧孺的别离行动。在风光旖旎的时候言别饯行，已不堪其情，随后便是目送友人登舟远去，内心自是郁结难忍了。

末两句“非君不见思，所悲思不见”，由眼前分别之情，写到别后思而不见之悲。前句是说：我倒不是因为看不见你而对你思念不已，而可悲的是今后思念你时却不能随时看见你了。是的，再好的朋友同住一城，也并非天天都能见面的，多日不见也不会引起思念之情。然而从今远别，相隔千里。情谊深厚，日久思而不见，内心自是由今日之“郁纡”进而为悲怆了。

全诗十句，前四句写美景以反衬五、六二句饯别之情。“留襟已郁纡”，“已”字甚着力，既对前六句作一点染，是说：在如此良辰美景之中对斟饯别已是不堪其情了；又是对下文作一启示：接下来眼望着友人揖别登舟离岸，渐行渐远，直至影没于遥远的天水之际，则更是郁纡，而日后思君不见君，则更使我郁纡而悲怆了。前有一“已”字，后两层递进意思之“更”，则不写而自明。

（殷海国）

文

游后园赋奉随王教作[1]

原文

积芳兮选木，幽兰兮翠竹。上芜芜兮荫景[2]，下田田兮被谷[3]。左蕙畹兮弥望[4]，右芝原兮写目[5]。山霞起而削成[6]，水积明以经复[7]。

于是敞风闺之蔼蔼[8]，耸云馆之苕苕[9]。周步檐以升降[10]，对玉堂之沉寥[11]。追夏德之方暮[12]，望秋清之始飚[13]。藉宴私而游衍[14]，时晤语而逍遥[15]。

尔乃日栖榆柳，霞照夕阳；孤蝉以散，去鸟成行。惠气湛兮帷殿肃[16]，清阴起兮池馆凉。陈象设兮以玉瑱[17]，披兰籍兮咀桂浆[18]。仰微尘兮美无度[19]，奉英轨兮式如璋[20]。藉高文兮清谈[21]，预含毫兮握芳[22]。则观海兮为富，乃游圣兮知方[23]。

注

① 后园：或指竟陵王萧子良西邸之后园。萧子良有《游后园》诗。随王：随郡王萧子隆（474—494），字云兴，南兰陵（治今江苏常州西北）人。齐武帝第八子，萧子良弟。封随郡王，有文才。永明中，为辅国将军，历仕荆州刺史、侍中、中军大将军等。海陵王延兴元年，萧鸾辅政，谋害诸王，子隆以才貌见惮，被杀。

② 芜芜：繁茂貌。荫景：蔽日。景，日光。

③ 田田：盛密貌。被：覆盖。

④ 蕙畹（wǎn）：兰圃之类。蕙，蕙兰，一种香草。畹，古代面积单位，泛指花圃。弥望，满眼。

⑤ 芝原：长着芝草的平原。写目：指尽目力之所及，纵情观览。

⑥ 削成：刻削而成。比喻峻峭匀称。

⑦ 经复：水流曲折，回环往复。经同径。《楚辞·招魂》："川谷径复，流潺湲些。"

⑧ 闺：小门。蔼蔼：幽暗貌。

⑨ 苕（tiáo）苕：高貌。张衡《西京赋》："干云雾而上达，状亭亭以苕苕。"

⑩ 步檐（yán）：檐下的走廊。檐同檐。司马相如《上林赋》："步檐周流，长途中宿。"

⑪ 玉堂：宫殿之美称。泬寥（xuè liáo）：清朗空旷貌。宋玉《九辩》："泬寥兮天高而气清。"

⑫ 夏德：此指夏天。《礼记·月令》："先立夏三日，大史谒之天子曰：'某日立夏，盛德在火。'"

⑬ 飚：泛指风。

⑭ 宴私：指公务外的游宴玩乐等私人生活。宴同燕。《诗经·小雅·楚茨》："诸父兄弟，备言燕私。"游衍：恣意游逛之意。《诗经·大雅·板》："昊天曰旦，及尔游衍。"

⑮ 晤（wù）语：对面交谈。晤，对。《诗经·陈风·东门之池》："彼美淑姬，可与晤语。"

⑯ 惠气：和顺之气。湛：澄澈。帷殿：设帐幕以为行馆。肃：严整。

⑰ 瑱（zhèn）：镇压坐席的玉器。《九歌·东皇太一》："瑶席兮玉瑱，盍将把兮琼芳。蕙肴蒸兮兰藉，奠桂酒兮椒浆。"

⑱ 兰籍：书籍之美称。咀（jǔ）：品味。桂浆：用玉桂浸制的美酒。此处比喻书中精华。

⑲ 徽尘：美好的风度。美无度：俊美潇洒无与伦比。《诗经·魏风·汾沮洳》："彼其之子，美无度。"

⑳ 英轨：优良的风范。式如璋：比喻人气宇轩昂，品质高贵，犹如圭璋。《诗经·大雅·卷阿》："如圭如璋。"

㉑ 高文：对别人文章的美称。

㉒ 预：参与。含毫：含笔于口中。比喻构思为文。握芳：秉持芳美。

㉓ "则观"二句：谦辞。言王子门下尽善尽美，自己游于其中，有幸学会一些道理。"观海"典出《孟子·尽心上》："孔子登东山而小鲁，登泰山而小天下，故观于海者难为水，游于圣人之门者难为言。""知方"典出《论语·先进》："由也为之，比及三年，可使有勇，且知方也。"

鉴赏

谢朓这篇《游后园赋》是奉和随郡王萧子隆而写的一篇游园小记，写的应是竟陵王萧子良的鸡笼山西邸后园。萧子良是齐武帝次子，礼才好士，喜好著述，他的西邸是当时文人学士聚集吟咏之地，形成了一个文学集团，其中最著名的有沈约、谢朓、王融、萧衍、萧琛、范云、任昉、陆倕等八人，文学史上称为“竟陵八友”。萧子隆是萧子良之弟，也是谢朓的上司。萧子隆好辞赋，颇有文才，被齐武帝赞为“我家东阿也”（《南齐书・萧子隆传》）。萧子隆同样盛招文学之士，谢朓在《奉和随王殿下》诗中写：“平台盛文雅，西园富群英。”以梁孝王的平台和曹魏王室的西园来类比萧氏。谢朓和萧子隆意气相投，关系很好，“朓以文才，尤被赏爱，流连晤对，不舍日夕”（《南齐书・谢朓传》）。谢朓集中多有奉和萧氏兄弟之作。

谢朓擅长写景，这篇赋的开头就是景语，“积芳兮选木，幽兰兮翠竹”，写后园之草木，以幽兰和翠竹为代表。“积芳”“选木”，说明这是主人特意挑选培植的。兰和竹可以说是古代文人最为喜爱的两种植物，兰有国香，竹为君子，用来衬托主人的高贵品格，再合适不过。“上芜芜兮荫景，下田田兮被谷。左蕙畹兮弥望，右芝原兮写目。”是一幅上下左右、四方毕至的全景。上有翠竹繁茂，遮光蔽日，下有兰草丛生，苍翠盈谷，左右极目远望，到处都是蕙兰香草。

所有景物都是芬芳高雅的，反映了主人的品位。

除了竹木花草，山水是园林中不可缺少的景物。南朝士人普遍喜爱山水之美，所谓“非必丝与竹，山水有清音”。萧子良也不例外，喜好吟咏山水，“余禀性端疏，属爱闲外。往岁羁役浙东，备历江山之美。名都胜境，极尽登临。山原石道，步步新情；回池绝涧，往往旧识。以吟以咏，聊用述心。”(《行宅》诗序)当时贵族园林十分兴盛，占地广大，山水丘圃无一不备，萧子良《游后园》诗里写到西邸后园，“丘壑每淹留，风云多赏会”。所以谢朓写完草木之秀后，接之以山水之美，“山霞起而削成，水积明以经复”，山如霞起，峻峭醒目，水积空明，潺湲往复。“山”和“水”、“霞起”和“积明”、“削成”和“经复”在空间位置、色调和形状上形成了鲜明对比，又不失清新自然。上有奇山霞岩，下有秀水潺湲，茂林修竹映带左右，兰蕙芝原极目绵延，正是文人理想的自然世界，“坐盘石，漱清泉。藉皋兰之猗靡，荫修竹之蝉蜎”(成公绥《啸赋》)。

自然之景既毕，继之以馆阁之游。“于是敞风闺之蔼蔼，耸云馆之苕苕。周步檐以升降，对玉堂之泬寥。”敞开幽霭的楼门，登上高耸的馆阁，清风四溢，白云舒卷，沿着走廊上下来往，正对着殿堂的清朗空旷。“泬寥”二字点出时节正是秋高气爽。下面四句写初秋游园之乐，“追夏德之方暮，望秋清之始飚。藉宴私而游衍，时晤语而逍遥。”感受夏去秋来、清风送爽的自然之趣，享受登临观览、恣意游玩的宴私之乐，时不时和朋友们对面交谈，多么逍遥自得。

第三段按照时间顺序写日暮游览既毕，和朋友们一起进入室内，聆听主人的高论清谈，写下文章纪念。这一段分三层，第一层写日暮之景，“尔乃日栖榆柳，霞照夕阳；孤蝉以散，去鸟成行”。这是全篇写得最自然别致的几句。和之前的全景式描写不同，此处是细节特写，鲜明生动，为全文增加了动感和色彩。因为前面写翠竹蔽日，所以此处写日栖榆柳，前面写山如霞起，此处写霞照夕阳，前后照应。蝉曰孤蝉，鸟曰去鸟，皆因秋日已至，秋气渐凉，所以蝉散鸟归，行文自然而逻辑分明。虽然日暮鸟散，但并不孤寂凄凉，只添清幽肃穆。第二层写主人室内，“惠气湛兮帷殿肃，清阴起兮池馆凉。陈象设兮以玉瑱，披兰籍兮咀桂浆”。初秋日暮，天气澄澈，帷殿严整，池馆清凉，室内陈设精美，服玩高雅，我翻阅主人珍藏的书籍，含英咀华，如同啜饮琼浆。萧子良喜好古物，又好经史文章，“子良敦义爱古……后于西邸起古斋，多聚古人器服以充之”，“集学士抄《五经》、百家，依《皇览》例为《四部要略》千卷”（《南齐书·萧子良传》）。第三层是对主人的赞美之词，以及写作此文的经过，点明主题。“仰徽尘兮美无度，奉英轨兮式如璋。藉高文兮清谈，预含毫兮握芳。则观海兮为富，乃游圣兮知方。”作者用“徽尘”“英轨”“美无度”“式如璋”赞美主人的清姿雅范，说借助他们的高文清谈，自己得以参与作文，末句将其比作沧海、圣人，游览沧海和圣人之门，方才知道学问之博、文章之法，照应“游后园赋”之题目，收束全文。萧氏兄弟聚集了“竟陵八友”等众多文士，大量创作诗赋，探讨文艺音律，促进了诗歌的发展，也锤炼了诗人们的写作技巧，谢朓对此的赞美是有真情实感的，不能说是纯然套语。

这是一篇比较典型的南朝游记小赋，有谢朓清新优美的文学特征，写远景广阔疏朗，写近景生动细致，富有层次感和细节感，能从寻常景物中发掘出自然之美。文章结构清晰，紧扣“游后园”的主题，由草木而山水，由山水而建筑，由建筑而室内，由室内而人物。草木写其幽雅芬芳，山水写其高峻澄澈，建筑写其旷朗清静，室内写其古雅肃穆，总之从方方面面衬托出主人的高雅不凡，也寄托了个人的审美情趣，最后从正面对主人进行赞美，同时点出奉和而作的主题。

（孔燕妮）

临楚江赋[1]

原文

爰自山南，薄暮江潭[2]。滔滔积水，袅袅霜岚[3]。忧与忧兮竟无际，客之行兮岁已严[4]。尔乃云沉山岫，风动中川[5]，驰波郁素[6]，骇浪浮天，明沙宿莽[7]，石路相悬。于是雾隐行雁，霜眇虚林[8]，迢迢落景，万里生阴。冽攒笳兮极浦，弭兰鹢兮江浔[9]。奉玉樽之未暮，餐胜赏之芳音[10]。愿希光兮秋月，庶永照于遗簪[11]。

注

① 楚江：楚境内的江河，此指长江。
② 爰：句首语气词。山南：曹融南先生注释为"华山之南"。
③ 袅袅：柔软细长。岚：山气。
④ 严：严寒。
⑤ 岫(xiù)：山。中川：中流。
⑥ 郁素：像素练一样郁积着。
⑦ 宿莽：草名，冬生不死。
⑧ 眇(miǎo)：远。
⑨ 冽：寒冷。攒(cuán)笳：谓笳音汇杂。笳：胡笳，乐器。极浦：遥远的水边。弭：息。兰鹢，犹言兰舟。鹢(yì)：水鸟，古人常将鹢鸟的像画在船首，此借指船。浔：水边。
⑩ 胜赏：佳胜之鉴赏。芳音：对人之谈论的美称。
⑪ 希光：谓仰希光辉。遗簪：《韩诗外传》卷九："孔子出游少源之野，有妇人中泽而哭，其音甚哀。孔子怪之，使弟子问焉……妇人曰：'乡者刈蓍薪，亡吾蓍簪，吾是以哀也。'弟子曰：'刈薪而亡蓍簪，有何悲也？'妇人曰：'非伤亡簪也，盖不忘故也。'"

鉴赏

谢朓在江陵萧子隆幕府的时间为永明九年(491)春至永明十一年秋,共两年多,《临楚江赋》当作于这段时期中的某一年。考诸赋意,谢朓希望随王萧子隆不忘旧臣,明显含有期待提携之意。落实到谢朓在江陵的履历,大致可以确定本赋作于永明九年或十年秋。从赋中的景色看,当作于深秋。赴江陵前,谢朓已经做过随王属官,故称“旧臣”。楚江,荆州江陵附近的江水,水流经过江陵城南。江陵为楚国首都所在,故名此江为楚江。

深秋的一个傍晚,谢朓与随王萧子隆等人登上城南江中的小洲,面对着苍茫暮霭中的滔滔江水和万里秋景,他有感而发,写下了这篇清丽的小赋。赋中谢朓用凝练的语言描绘了楚江及其附近的秋景,兼及他和随王等人饮酒宴乐的场景,最后他委婉地表达了希望随王不忘故旧的愿望。

面对秋景,谢朓的心情交织着忧虑和客愁,“忧与忧兮竟无际,客之行兮岁已严”,这为后文的景色描写定下了感情基调。作者笔下景色的季节特色十分明显,没有红花绿柳和莺歌燕舞,整体色调显得明净而萧飒:暮云沉淀在四周的山坳中,秋风在江面上吹拂,盛大而洁白的江波汩汩地奔向天际,沙滩上是明净的白沙和宿莽,远处的石桥清晰可见。这些景物有色彩,有动态,由远及近,由大及小,层次分明,绘景如画。然后,谢朓抬起头,将视线转向更为遥远的空间,看到的是披着暮霭冉冉飞翔的大雁,和隐藏在霜雾中的若有若无的树林,以及垂布天地间的苍烟落照。这些迷蒙的远景,与谢朓心中的忧虑和客愁相对应,牵愁惹恨,正是“日暮乡关何处是,烟波江上使人愁”(唐崔颢《黄鹤楼》)!

然后谢朓简短描写了宴乐的场景:他们将兰舟泊在江潭,在江心岛上奏乐吹笳,趁着日暮到来前尽情地饮酒赏乐。赋末谢朓用《韩诗外传》中的典故,委婉而巧妙地表达了自己的期盼:他将萧子隆比喻为秋月,将自己比喻为蓍簪,希望萧子隆能像不忘故簪那样不忘旧臣,像月光一样时时眷顾旧臣;将比喻和典故完美地结合起来,言约义丰,出人意表,也使文意婉转不绝。

谢朓以“清丽山水”而饮誉文学史,本赋对楚江周边山水的描写清晰地印证了谢朓山水的“清丽”特色。清人许梿在评价谢朓的名文《拜中军记室辞随王笺》时说该文“情思宛妙,绝去粉饰肥艳之习”(《六朝文絜》),将这话移来评价此赋的景色描写,再恰当不过。

(杜志强)

拜中军记室辞随王笺

原文

故吏文学谢朓死罪死罪。即日被尚书召，以朓补中军新安王记室参军[①]。朓闻潢污之水，愿朝宗而每竭；驽蹇之乘，希沃若而中疲[②]。何则？皋壤摇落，对之惆怅[③]；歧路西东，或以呜唈。况乃服义徒拥，归志莫从[④]。邈若坠雨，翩似秋蒂。

朓实庸流，行能无算。属天地休明，山川受纳[⑤]，褒采一介，抽扬小善。故舍耒场圃，奉笔兔园[⑥]，东乱三江，西浮七泽[⑦]。契阔戎旃，从容宴语。长裾日曳，后乘载脂[⑧]。荣立府庭，恩加颜色。沐发晞阳，未测涯涘[⑨]。抚臆论报，早誓肌骨。不悟沧溟[⑩]未运，波臣自荡；渤澥方春，旅翮先谢。

清切藩房，寂寥旧荜。轻舟反溯[⑪]，吊影独留。白云在天，龙门不见[⑫]。去德滋永，思德滋深。唯待青江可望，候归艎于春渚；朱邸方开，效蓬心于秋实[⑬]。如其簪履或存，衽席无改，虽复身填沟壑，犹望妻子知归。揽涕告辞，悲来横集。不任犬马之诚。

注

① 中军新安王：即萧昭文，齐武帝长子萧长懋的次子。其兄萧昭业即位后，任命他为中军将军，封新安王。记室：官名。掌章表书记文檄之事。

② 潢污：停聚不流之水。《左传·隐公三年》："潢污行潦之水。"杜预注："潢污，停水。"朝宗：指百川归海。沃若：指威仪之盛。《诗经·小雅·皇皇者华》："我马维骆，六辔沃若。"

③ 皋壤：沼泽旁的洼地。《庄子·知北游》："山林与！皋壤与！使我欣欣然而乐与！乐未毕也，哀又继之。"

④ 服义：谓服膺随王之道义。归志：谓归往随王之志愿。

⑤ 天地：喻齐武帝。山川：喻竟陵王、随王。《梁书·武帝纪》："竟陵王子良开西邸，招文学，高祖（萧衍）与沈约、谢朓、王融、萧琛、范云、任昉、陆倕等并游焉，号曰八友。"

⑥ 兔园：原指汉武帝之子刘武（梁孝王）的园囿。这里指齐武帝、竟陵王、随王在芳林园、西邸等地主持的各项文学活动。

⑦ 三江：古时越地诸江。乱：横渡。七泽：古时楚地诸湖。浮：在水上泛行。随王曾任会稽太守、荆州刺史等职，谢朓常从随王。

⑧ 长裾日曳：语出邹阳《上吴王书》："何王之门不可曳长裾乎。"这里指谢朓常在王府。后乘：曹丕《与吴质书》："文学托乘于后车。"载脂：《诗经·邶风·泉水》："载脂载辖，还车言迈。"载脂载辖，用油脂涂车轴，这是驾车出行的准备。后乘载脂，指谢朓从随王外出。

⑨ 沐发晞阳：《楚辞·远游》："朝濯发于汤谷兮，夕晞余身乎九阳。"汤谷，古代传说的日出之处。九阳，指太阳。晞，晒干。两句形容承受王恩之深。

⑩ 沧溟：大海。《庄子·逍遥游》载鲲化而为鸟，其名为鹏，海运则将徙于南溟。波臣：水族。《庄子·外物》载庄周顾视车辙中有鲋鱼，曰："我东海之波臣也，君岂有斗升之水而活我哉？"

⑪ 轻舟：送谢朓之舟。谢朓由荆州到京都建康（今江苏南京）乃顺流而下，故曰轻舟。

⑫ 白云在天：《穆天子传》载周穆王周游天下，曾西登昆仑，见西王母。西王母赠以厚礼，临别时，为穆王谣曰："白云在天，山陵自出。道路悠远，山川间之。将子无死，尚能复来？"龙门不见：《楚辞·九章·哀郢》："过夏首而西浮兮，顾龙门而不见。"王逸注："龙门，楚东门也。"谢朓以龙门比荆州。两句写离别惆怅之情。

⑬ 归艎：指随王入朝。朱邸：指随王在京之府邸。蓬心：比喻浮浅，心无主见。这里用来比自己。秋实：谷实，比喻人的德行成就，这里指随王。

鉴赏

谢朓以诗闻名,可在散文发展史上,也该有他一席之地,如《辞随王笺》就是他的传世名篇。对这篇文章,明代张溥曾有评论:“集中文字,亦惟文学辞笺、西府赠诗,两篇独绝,盖中情深者为言益工也。”(《汉魏六朝百三家集题辞·谢宣城集》)张溥所说的“文学辞笺”即指《辞随王笺》。谢朓曾任随王文学(官名,类似后代教官)之职,故有谢文学之称。“西府赠诗”则指《暂使下都夜发新林至京邑赠西府同僚》。一文一诗,同写于齐永明十一年(493),可以参看。

随王萧子隆系齐武帝第八子,既富政治才干,又具文学禀赋。谢朓为幕僚,以文才出众,备受赏爱。永明九年,谢朓从随王来到荆州,随王当时任镇西将军、荆州刺史,都督荆、雍等六州。在荆州期间,谢朓与随王“流连晤对,不舍日夕”,情投意合,相得甚欢。然而好景不长,宾主间这种“契阔戎旃,从容宴语”的关系,不久就因政治斗争的风云变幻而中断。永明十一年太子病逝,不久其长子萧昭业被立为皇太孙,但其年岁尚幼,齐武帝又老迈体弱,于是宫廷权力之争日趋激烈,拥有一定政治实力的随王也遭疑忌。就在这时,发生了于谢朓命运有重大影响之事:“长史王秀之以朓年少相动,密以启闻。世祖(齐武帝)敕曰:‘朓可还都。’”(《南齐书·谢朓传》)“相动”一词,语焉不详,但参看后来萧遥光对他的诬陷之词“昔在渚宫(属荆州),构扇藩邸,日夜从谀,仰窥俯画”,可推知当是指谢朓挑动随王,有所图谋。已被卷入政治漩涡的谢朓此时奉调还京,正是百感交集,心绪难宁:对荆州生活的留恋难舍之情,对知遇之恩的感激图报之情,壮志难酬的抑郁不平之情,身遭陷害的忧虑恐惧之情,以及虽处逆境仍盼转机的期待之情,奔涌而来,激荡胸怀。这种复杂而又强烈的感情见诸《辞随王笺》中,便形成了该文“情思宛妙”(《六朝文絜》许梿评语)的独特风格。

这是一篇骈体文。全文写了三层意思,据此可分为三个段落:第一段抒写临别心情;第二段追叙宾主情谊;第三段设想别后情景,表白誓死效忠随王的心迹。

化用典故,写心中块垒,是本文的一大特点。骈文是一种美文,为求典雅含蓄,往往大量用典。不少骈文词意晦涩,令人难以卒读,用典过多过冷确是重要原因。但是对于用典也不能一笔抹杀。今人钱锺书也将“隶事”“骈语”看作“骈体文两大患”,但他又说:“隶事运典,实即‘婉曲语’之一种……用意无他,曰不‘直说破’,俾耐寻味而已。”(《管锥编》第四册二三〇则)运典之妙,在谢朓文中可见一斑。例如文章开头,作者在说明自己应召将行之后,先以潢污之水难至东海、驽蹇之乘不骋千里,隐喻自己壮志难遂之苦。接着用“何则”一语设问;按理说,下文应接写个中原因,可作者却宕开笔墨,续以“皋壤摇落,对之惆怅;歧路西东,或以呜唈”一组对句。从表面上看,似与上文毫不相涉;但细加体味,其中实蓄无数深意。谢朓奉召,适值秋日。“皋壤摇落”,正是眼前之景。草木由葳蕤而凋零,常常可以由此联想到人的命运。想当初谢朓喜遇随王,满心希望奉行仁义,报效国家;不料一纸皇命,奉调还京,顿令壮志成空。此时一别,前途吉凶难测。这自然景观的迁移与社会生活的变故何其相似乃尔!而且,“摇落”一词出自《楚辞·九辩》:“悲哉秋之为气也!萧瑟兮草木摇落而变衰。”“皋壤摇落”,正是由于秋气肃杀,这一层意思暗承上文,说明其志难遂,乃是由于一种个人无法抗拒的力量。谢朓此时心怀愤懑,却无可奈何,甚至还不便明说,借用典故作一点暗示,于此可谓恰到好处。接着“歧路西东”一句,又以“杨子见歧路而哭之”一典进一步渲染了自己离王而去,如临歧路,进退失据,徬徨迷乱的心情。作者巧用典故写处境,表心迹,诉情怀,确实收到了直抒胸臆所无法达到的曲折尽意、耐人寻味的效果。如果说第一段已点到了王、臣分手的政治原因,那么第二段的最后则在此基础上进一步展示了被调事件后潜伏的危机。对句“沧溟未运,波臣自荡;渤澥方春,旅翮先谢”,融化《庄子》用语,意为“沧海尚未翻腾,水族已受震荡;渤海正属阳春,候鸟辞地南翔”。其中“沧溟”“渤澥”喻随王,“波臣”“旅翮”喻自己。随王尚未施展宏图,但属下已受猜忌;自己本当尽力辅佐随王成就一番事业,但现在却被迫调离。谢朓在荆州为随王出谋划策，对当时王室的矛盾以及“山雨欲来风满楼”的政治斗争形势自然有所察觉。临别之际，深切的忧虑与浓重的离情交织在一起，化成了这组“姿采幽茂”(《六朝文絜》许梿评语)、情意绵长的对句。它与第一段侧重于写个人处境的对句“邈若坠雨，翩如秋蒂”前呼后应，反复咏叹，给人以回肠荡气之感。

虚拟情景，诉复杂情怀是本文的第二个特点。这在第三段表现得尤为充分。第一组对句“清切藩房，寂寥旧荜”便是想象之词。作者过去经常出入王府，备受恩宠，而今调离，顿受阻隔。府庭依旧，然已中情难宣。荆州旧舍，当也随着主人的离去日趋萧条冷落。“清切”“寂寥”在这里皆已融入作者主观感受，透露出凄恻无奈、哀怨愁苦之情。接下去描绘抵京后的情景。读着“轻舟反溯，吊影独留”，“白云在天，龙门不见”，“唯待青江可望，候归艎于春渚；朱邸方开，效蓬心于秋实”这些对句，我们眼前似展示出这样一幅画面：谢朓神情落寞地站在江畔，目睹一叶轻舟反溯而去，不禁心潮起伏。船儿此去，仍能回到随王身旁，而自己滞留京城，形影相吊，情何以堪？仰首望天，只见白云悠悠，山川阻隔。别时容易见时难，此次与随王别离，不知何日方能重逢。但于无限辛酸悲怆之中，作者却又勉强宽慰自己(是宽慰自己，又何尝不是宽慰随王)：厄运也许会过去，转机也许会到来，自己唯有时时祈求、期待着这一时刻的来临。到时候，自己将沐浴着春晖，伫立在青江边，翘首以待恭候随王归来。这里作者借助想象,拟想未来相聚之情景,将自己千回百转的复杂情怀表现得十分含蓄动人。

总起来说,谢朓此文因具由衷之情,所以即便用的是十分讲求形式的骈体,读来仍然真切自然,在同类文字中实属上品。

(冯芝祥)

谢朓生平

与

文学创作年表

【纪　　年】宋孝武帝大明八年(464)甲辰
【年　　岁】1
【生平经历】出生。
【主要作品】
【相关大事】高祖据,东晋太傅谢安次兄;曾祖允,宋宣城内史;祖述,宋吴兴太守,封吉阳县五等侯,祖母范氏,宣城太守范晔之姊;父纬,宋散骑侍郎,因舅范晔、兄纬谋反事徙广州,孝建中,还京师。母为宋文帝第五女长城公主。宋孝武帝崩。太子刘子业即位,是为前废帝。鲍照五十一岁。伏曼容四十五岁,谢庄四十四岁。沈约二十四岁,江淹二十一岁。孔稚珪十八岁,范云十四岁,王俭十三岁。陶弘景九岁,萧子良五岁,任昉五岁,刘孝标三岁。萧衍生。丘迟生。

【纪　　年】宋前废帝永光元年、景和元年(465)乙巳
【年　　岁】2
【生平经历】
【主要作品】
【相关大事】尚书令柳元景、左仆射颜师伯谋废帝立江夏王刘义恭,谋泄,皆被杀。改元景和。前废帝被杀,湘东王刘彧即位,是为宋明帝。柳恽、王僧孺、崔慰祖生。

【纪　　年】宋明帝泰始二年(466)丙午
【年　　岁】3
【生平经历】
【主要作品】
【相关大事】晋安王刘子勋称帝,改元义嘉,后兵败被杀。明帝尽杀孝武帝诸子。鲍照卒。谢庄卒。江革生。

【纪　　年】泰始三年(467)丁未

【年　　岁】4
【生平经历】
【主要作品】
【相关大事】宋魏交战，宋军大败，失淮北之地。王融生。刘勰约生于此年。

【纪　　年】泰始四年(468)戊申
【年　　岁】5
【生平经历】
【主要作品】
【相关大事】宋失冀州。明帝征发各州兵士北伐。

【纪　　年】泰始五年(469)己酉
【年　　岁】6
【生平经历】
【主要作品】
【相关大事】青州刺史沈文秀守城三年，终兵败被俘，自此宋尽失青、冀、兖、徐四州。吴均生。钟嵘约生于此年。

【纪　　年】泰始六年(470)庚戌
【年　　岁】7
【生平经历】
【主要作品】
【相关大事】陆倕生。

【纪　　年】泰始七年(471)辛亥
【年　　岁】8
【生平经历】少好学，有美名，文章清丽。
【主要作品】
【相关大事】殷芸生。

【纪　　年】泰豫元年(472)壬子
【年　　岁】9
【生平经历】
【主要作品】
【相关大事】宋明帝崩。太子刘昱即位,是为后废帝。陆厥生。

【纪　　年】宋后废帝元徽二年(474)甲寅
【年　　岁】11
【生平经历】
【主要作品】
【相关大事】桂阳王刘休范举兵反,为萧道成等所败,被杀。萧子隆生。

【纪　　年】宋后废帝元徽五年、宋顺帝昇明元年(477)丁巳
【年　　岁】14
【生平经历】
【主要作品】
【相关大事】后废帝被杀,萧道成废其为苍梧王,立安东王刘凖,是为宋顺帝。到洽生。

【纪　　年】宋顺帝昇明三年、齐高帝建元元年(479)己未
【年　　岁】16
【生平经历】
【主要作品】
【相关大事】萧道成代宋自立,是为齐高帝。立萧赜为太子,萧嶷为豫章王。阮孝绪生。

【纪　　年】建元三年(481)辛酉
【年　　岁】18
【生平经历】与王敬则女结婚,约在此年。
【主要作品】

【相关大事】刘孝绰、王筠生。

【纪　　年】建元四年(482)壬戌
【年　　岁】19
【生平经历】解褐豫章王太尉行参军。
【主要作品】
【相关大事】齐高帝崩。太子萧赜即位,是为齐武帝。以豫章王萧嶷为太尉。萧子良封竟陵王,萧子隆封随郡王。

【纪　　年】齐武帝永明元年(483)癸亥
【年　　岁】20
【生平经历】
【主要作品】
【相关大事】豫章王萧嶷领太子太傅,竟陵王萧子良任南兖州刺史。谢超宗卒。

【纪　　年】永明二年(484)甲子
【年　　岁】21
【生平经历】在豫章王太尉行参军任上。
【主要作品】作《七夕赋》。
【相关大事】以竟陵王萧子良为护军将军兼司徒。

【纪　　年】永明三年(485)乙丑
【年　　岁】22
【生平经历】在豫章王太尉行参军任上。
【主要作品】
【相关大事】王俭领国子祭酒、太子少傅。王僧虔卒。

【纪　　年】永明四年(486)丙寅
【年　　岁】23
【生平经历】离开豫章王府,入萧子隆东中郎府。

【主要作品】
【相关大事】随郡王萧子隆迁为东中郎将、会稽太守。

【纪　　年】永明五年(487)丁卯
【年　　岁】24
【生平经历】游于竟陵王萧子良西邸,与沈约、萧衍、王融、范云、任昉、萧琛、陆倕等号“竟陵八友”。
【主要作品】赋《玉阶怨》《王孙游》及《永明乐》十首等。
【相关大事】竟陵王萧子良移居鸡笼山西邸,招文学。庾肩吾生。

【纪　　年】永明六年(488)戊辰
【年　　岁】25
【生平经历】离开东中郎府,转任王俭卫军东阁祭酒。于王俭府中,与钟嵘论诗。
【主要作品】
【相关大事】卫军将军王俭授开府仪同三司。

【纪　　年】永明七年(489)己巳
【年　　岁】26
【生平经历】转太子舍人。
【主要作品】作《杜若赋》《游后园赋》《高松赋》《拟宋玉风赋》。
【相关大事】以王敬则为豫州刺史。王俭卒。

【纪　　年】永明八年(490)庚午
【年　　岁】27
【生平经历】改任随王镇西功曹。
【主要作品】赋《奉和竟陵王同沈右率过刘先生墓》《临高台》《咏竹火笼》等。
【相关大事】以随郡王萧子隆为镇西将军、荆州刺史,都督荆、雍、梁等六州诸军事。

【纪　　年】永明九年(491)辛未
【年　　岁】28
【生平经历】离京赴荆州,任随王文学,为萧子隆赏爱,流连晤对,不舍日夕。
【主要作品】赋《离夜》《和别沈右率诸君》《将发石头上烽火楼》《和江丞北戍琅邪城》《怀故人》《临溪送别》等及《入朝曲》《登山曲》等《鼓吹曲》十首。
【相关大事】萧衍任随王镇西谘议参军,从萧子隆赴荆州。

【纪　　年】永明十年(492)壬申
【年　　岁】29
【生平经历】在荆州随王文学任上。
【主要作品】赋《和王长史卧病》《江上曲》《春思》《和伏武昌登孙权故城》《冬绪羁怀示萧谘议虞田曹刘江二常侍》等,作《临楚江赋》。
【相关大事】豫章王萧嶷薨。竟陵王萧子良任扬州刺史。

【纪　　年】永明十一年(493)癸酉
【年　　岁】30
【生平经历】为长史王秀之所谮,奉武帝敕还都,迁新安王中军记室。
【主要作品】赋《落日同何仪曹煦》《和宋记室省中》《暂使下都夜发新林至京邑赠西府同僚》《新亭渚别范零陵云》《蒲生行》《别王丞僧孺》,作《拜中军记室辞随王笺》。
【相关大事】太子萧长懋崩,立南郡王萧昭业为皇太孙。齐武帝崩。太孙萧昭业即位。王融谋立竟陵王萧子良,事败被赐死。封萧照业之弟萧昭文为新安王。

【纪　　年】齐郁林王隆昌元年、齐海陵王延兴元年、齐明帝建武元年(494)甲戌
【年　　岁】31

【生平经历】兼任尚书殿中郎，敕接北使。为骠骑大将军萧鸾谘议参军，领记室，寻掌霸府文笔，长兼中书侍郎，掌中书诏诰，除秘书丞，未拜，转中书郎。

【主要作品】赋《同谢谘议咏铜雀台》《和徐都曹出新亭渚》《始出尚书省》《酬王晋安》《和王中丞闻琴》《观朝雨》，作《为王敬则谢会稽太守启》《郁林王墓志铭》《为百官劝进齐明帝表》《海陵王墓志铭》。

【相关大事】竟陵王萧子良卒。王敬则出为会稽太守。萧鸾等杀萧昭业，追废其为郁林王，立新安王萧昭文，杀随郡王萧子隆等，又废萧昭文为海陵王，后杀之。萧鸾即位，是为齐明帝。封长子萧宝义为晋安郡王，立次子萧宝卷为皇太子。

【纪　　年】建武二年(495)乙亥

【年　　岁】32

【生平经历】中书郎任上，出任宣城太守。

【主要作品】赋《直中书省》《夜听伎》《同王主簿〈有所思〉》《游东田》《晚登三山还望京邑》《京路夜发》《之宣城郡出新林浦向板桥》《出下馆》《游敬亭山》《曲池之水》《郡内高斋闲望答吕法曹》《落日怅望》《游东堂咏桐》《宣城郡内登望》《冬日晚郡事隙》等。

【相关大事】北魏兴兵伐齐，双方交战，互有胜负。明帝遣萧衍等解义阳之围。

【纪　　年】建武三年(496)丙子

【年　　岁】33

【生平经历】在宣城太守任上，被敕役湘州，未成行，返京，复为中书郎。

【主要作品】赋《高斋视事》《送江兵曹檀主簿朱孝廉还上国》《送江水曹还远馆》《将游湘水寻句溪》《忝役湘州与吏民别》《移病还园示亲属》《新治北窗何从事》《咏落梅》等。

【相关大事】

【纪　　年】建武四年(497)丁丑
【年　　岁】34
【生平经历】出为晋安王镇北谘议、南东海太守,行南徐州事。与南徐州迎西曹行事到洽深相赏好,日引与谈论。
【主要作品】赋《休沐重还丹阳道中》等。
【相关大事】北魏再度南下伐齐,明帝遣萧衍等率军援救雍州。

【纪　　年】建武五年、永泰元年(498)戊寅
【年　　岁】35
【生平经历】告发岳父王敬则谋反。朓妻常怀刀,欲报复,朓不敢相见。迁尚书吏部郎。欲荐到洽,遭拒。多次与沈约论诗。
【主要作品】作《酬德赋》《齐明帝谥册文》《齐敬皇后哀策文》等。
【相关大事】王敬则举兵反,兵败被杀。齐明帝崩。太子萧宝卷即位,是为东昏侯。以右仆射江祏、侍中江祀、始安王萧遥光、卫尉刘暄等六人辅政。

【纪　　年】齐东昏侯永元元年(499)己卯
【年　　岁】36
【生平经历】江祏等谋立萧遥光,遥光遣人笼络谢朓,授以兼知卫尉事。朓惧见引,以江祏等废立之谋告左兴盛、刘暄,寻被收付廷尉,下狱死。
【主要作品】
【相关大事】江祏等被诛。萧遥光反,兵败被杀。

（陈虎看）

图书在版编目(CIP)数据

谢朓诗文鉴赏辞典 / 上海辞书出版社文学鉴赏辞典编纂中心编. -- 上海 ：上海辞书出版社，2024.
(中国文学名家名作鉴赏精华). -- ISBN 978-7-5326-6230-2

Ⅰ. I222.739.1

中国国家版本馆 CIP 数据核字第 20240TB653 号

谢朓诗文鉴赏辞典

上海辞书出版社文学鉴赏辞典编纂中心　编

责任编辑　祝云赛
装帧设计　姜　明
责任印制　楼微雯

出版发行　上海世纪出版集团
上海辞书出版社®(www.cishu.com.cn)
地　　址　上海市闵行区号景路 159 弄 B 座(邮政编码：201101)
印　　刷　上海盛通时代印刷有限公司
开　　本　889 毫米×1092 毫米　1/32
印　　张　7.125
字　　数　126 000
版　　次　2024 年 7 月第 1 版　2024 年 7 月第 1 次印刷
书　　号　ISBN 978-7-5326-6230-2/I·580
定　　价　68.00 元